幸運公事包

東瑞　著

獲益出版事業有限公司

獲益

幸運公事包

著　　者：東　瑞
封面設計：西　波
主　　編：東　瑞（黃東濤）
督 印 人：蔡瑞芬
出　　版：獲益出版事業有限公司
九龍土瓜灣道94號美華工業中心B座6樓10室
HOLDERY PUBLISHING ENTERPRISES LTD.
Unit 10, 6/F Block B, Merit Industrial Centre,
94 To Kwa Wan Road, Kowloon, H.K.
Tel: 2368 0632　　Fax: 2765 8391
版　　次：二〇一八年九月初版
國際書號：ISBN 978-962-449-594-2

目錄

家相冊

域外葉

山水琴

健康•家庭•工作•寫作

——序東瑞《幸運公事包》

•蔡瑞芬

為東瑞寫序，這已不是第一次；只因他不願麻煩他人，寫序還得將書稿從頭到尾讀一遍，也就由生活的另一半、創業拍檔及旅遊旅伴的我來寫幾句了。

我的文字學術性和文學性都不強，卻是比較實在和率直，多數以我的了解和觀察角度來介紹他出的新書的內容，說的都是有關的話題。記得在東瑞《我的寫作生活》那篇文章裡，有一段文字自我描述了他對日常生活的排位：「四十年來出版的著作多達一百三十八種，有的人就推論我是專業作家，那是大大地錯了。我的正職是出版社的總編輯，寫作一直是業餘的。寫作，不但不是我生活的唯一，而且排名榜上排榜尾，依次是健康、家庭、工作、寫作。理由是：沒有好的體魄，甚麼都幹不成，萬事皆休；沒有家庭的支持，我缺乏了重要動力；沒有正職，生活沒有來源，餓死難道還可以敲鍵嗎？所謂『生存、溫飽，才談得上發展』，我們七十年代移居香港的人，體會尤其深刻。最後才談得上寫作這個興趣。」本書六十餘篇文章，大致反映和體現了他說的內容和排位。

從二零一四年開始我們每年頻繁地出遊，二零一四年到西歐，二零一六到北歐，二零一七年到東歐，內地到了不少地方，東南亞一些國家也成了常客。這幾年，東瑞除了歸來寫了大量遊記，也寫了不少生活素描、人生隨筆。朋友都說退休後日子在不知不覺中溜走，不知幹些甚麼？都說東瑞辦事效率高。是的，不知「退休」為何物的他，常說有二十四小時也不夠用。只因他做自己喜歡的事外，也為家庭、朋友、社會等等付出。一直到二零一六年和二零一七年，他才能靜下來寫那兩部後來參賽得獎的長篇《風雨甲政第》和《落番長歌》。

東瑞的散文，在二零零八年出版《雨中尋書》（藝術發展局資助），二零一一出版《為何我們再次相遇》，二零一三年出版《走過紅地氈》，二零一五年出版《飄浮在風中的記憶》，按照東瑞每兩年出一本散文集、一本小說集的態勢，這一本《我的公事包》本該在二零一七年就出版，無奈去年出了《香港 你好》（介紹香港風土人情的月刊專欄結集）及小小說集《清湯白飯》，散文集就押後，到今年才出了。於是稿件又累計了不少，只是略選部分出書。

本書分四輯。

從《港島居》一輯可以看到東瑞每日生活非常有規律，兼顧到各個方面，寫作不是他的唯一。他捕捉的題材，微小如《讀一朵花》，那是一次與花相遇的思考，博大如《雙騎結伴攀虎山》，時空跨越幾十年，描述我們走過的路。本輯寫的都是我們的日常生活。

從《家相冊》一輯可以看到東瑞對家庭的重視，細心的讀者不難發現，他選篇的有趣且用了不同筆觸，把父、母、妻、兒、女甚至孫女都寫齊了，也描述了自己的個性、創作、領獎的愉快，其中《大麻哈魚情結》分量很重，寫的是對故園的理解、抒發了對曾經生活過的地方的感情和尋覓。

從《域外葉》一輯可以看到東瑞活躍的寫作思路，收的都是遊記，涉及了印尼、泰國、馬來西亞、意大利、法國、俄國、挪威、德國等國家，只是他這幾年所寫遊記的一部分，篇幅長短不一，筆法多元化，有嚴格意義的遊記，也有隨筆式的，無論哪一類，相同的都是有感而發，絕不無病呻吟。我和東瑞近三十年為共同的事業努力，平時忙碌勞累，到了一定時候都會到外面放鬆心情、休息度假。沒有甚麼崇高的目標，我自己從不違言旅行時的樂觀天性，直接的反應是好玩、好看、好吃，平時社會醜陋痛苦貧窮的事物我們見得多了，希望見識到更多真善美的東西。東瑞也沒有為取得寫作資料才旅行，有很多地方，他回來隻字未寫；有真實、深刻感觸的，東瑞才寫，因此他的遊記言之有物，我稱為「好讀」。

最後一輯《山水琴》，都是散文詩文體，有寫香港的，也有寫外地的。東瑞曾經跟我説過，有一些遊覽過的地方，感受比較零碎，很難集中或有個甚麼主題，他就會用散文詩的形式把感受寫出來，有不少朋友很喜歡他此類文體，比一般散文精緻，又完全不雕琢，沒有無病呻吟之弊，恰到好處。

東瑞生性不愛受束縛，崇尚自由。雖然人很隨和，但也有一些渴望瞭解的東西。如他到檳城要看相機博物館，到挪威對維格蘭雕塑公園特感興趣，有時是那些不為一般人注意或看重的地方，他都會很用心去遊覽參觀。去甚麼地方，我們通常有一些小計劃，沒有甚麼大的分歧和爭執；有比較深的感觸時他回來經過一番思想的過濾就會動筆。東瑞的遊記筆觸樸實、實在，不喜空發議論，少有抽象離題的論述，但角度多變，擅於捕捉和發掘，感觸細緻，縱然批評，也溫柔敦厚。他常常對我說，我一定要重點寫自己的感觸，只是介紹就沒意思了，現在網路一查甚麼都有，紙質旅遊指南的景點介紹資料也很齊全。遊記，應該通過我們自己的眼睛、感覺和筆觸的描述吸引人來讀。

東瑞為人雖然內向而不擅言辭，處事低調，性格謙和，胸襟開闊，文如其人，直接影響到其文風的大氣，行文如行雲流水，尤其是那些謀篇佈局比較長（三四千字）的散文，往往寫得氣勢很足，讀來也感覺淋漓暢酣，也許別人讀來只是感覺流暢，並不曉得其實背後他常常修改了好幾遍才拿出來發表。我尤其欣賞和佩服他這三十年來業餘寫作生涯的堅持，對名利的看淡看破，對閒話、貶低鍛煉成的「此耳進那耳出」的超強本領，心無旁騖，專心致志按照自己預定的創作計劃和目標，一步一步前進。正如他所說的：「最長的長篇已經在計畫中，也即將開始，我深信遠洋郵輪一定會啟航，乘風破浪，奔向最美的文學夢海。」我相信他會繼續努力，並取得更大的成績。

二零一八年七月二十八日

讓心靈在旅途飛翔

——自序

● 東瑞

每個人的旅遊目的不一樣。我們的旅遊究竟為了甚麼？其實，目的一點兒都不偉大，也不崇高。不是為了多瞭解世界，現在瞭解世界的間接途徑越來越多，不需要邁開雙腳，花費那麼多鈔票；不是因為靈感枯謝，為了獲取寫作靈感，為了寫遊記，因為走過的寒暑已經幾十年，走過不同的土地、歲月和風雨，那已經是寫不完的人生大書和文字大書；更不是為了厭倦居住地香港，香港我們的日子過得自由舒適安定。那究竟為了甚麼呢？

簡單一句話，其實我們旅遊為的是度假，為了獎賞、補償自己。如此而已。其他都是附帶的。每一年我們為事業拼搏和努力，都會很勞累，出遊，就成為一種「大休息」的方式。最喜歡到人跡罕至的山中、寂靜的海灘、安寧的小城、無聲的古街小巷，短暫的日子靜好就是最美最好！一年來忙忙碌碌，心靈在安靜的大自然界裏度假、漫遊，面對高山大海沉思默想、大徹大悟或小徹小悟都很好，回港看淡看破得更多，再度大出發。

去的地方，不講究名氣大小遠近、去過與否；自己喜歡、覺得好，不妨再去也不厭，儘管未必是旅遊熱門或主流。沒有崇高的使命，沒有太強的目的，純粹在外放鬆心情，瑞芬形容好玩、好看、好吃，那就可以了。已經多年，瑞芬把公司電話飛線到手機上，我們又帶了小電腦（後來用IPAD、智能手機代替）在途中查看電郵，公司的事可以帶到路上隨時操控，照舊運轉，我們倆才能像孖公仔那樣到處去，似乎很浪漫。

我們出外旅遊也多少帶有文化色彩，有時是因為開會，開完會多逗留幾天；有時順便被請去大學演講，或為文友講座；而文友熱情接待，也形成了我們旅遊的特色。

旅遊多元化也是我們前三年出遊的特點，受人家邀請，參加婚禮、企業慶典的就有幾次，參加文學會議幾次，協助瑞芬帶團故鄉遊、自由行，家庭遊、參加旅行團，都有幾次。最累、最緊張的是西歐遊。往年行李最重的是到印尼，瑞芬買手信，我帶書，現在精力有限，不敢再逞強。

當然旅遊也是親自用眼睛看看世界、親自感受外地的生活、民俗風情的唯一方法。但主要還是休息、讓心靈放大假，讓心靈在旅途中輕鬆漫遊，獎勵一下自己的努力，獎賞、補償我們對社會一年的勞累和付出，同行者一直是瑞芬，於是美其名為「攜手遊天涯」。

本書除了一些遊記外，也收了描述日常生活的一批稿件，寫得隨意嚴謹均有，我希望散文也能長能短，都寫出自己的一點特色來，雅俗共賞，讀者願意、喜歡讀。

略加說明幾句，全書內容瑞芬已經在其序裡介紹的很清楚了。非常感謝她。

二零一八年七月二十七日

下午茶

懶洋洋的下午，深秋的時光。

忽然看到了那張放在枱面很久了的下午茶贈券。去吧，去吧，都累了大半天了。真的，下午茶？久違了。多年來，只是像一隻埋頭耕耘的牛，不知春夏秋冬，不知世事運轉，不知小憩為何物。

走出書齋。

太陽不炎熱，灑下一地的暖。

牽起手，進了那五星級酒店。紳士淑女進進出出，豪富貴婦如走馬燈，怕甚麼。我們不

也是才女文士嗎，呵呵，直上二樓咖啡閣。

一年拼搏的辛勞，就在山居半日看雲觀山中消解，靈感之門得到開啟；一天的下午茶，是一天工作節奏的舒緩，讓眼睛的昏花得到休息。

一小杯精緻迷你的瓷質咖啡杯送來，嫋嫋飄散的咖啡香撲向鼻端，再也分不清那是無法抽離的書寫的文字意象還是伸手可觸及的現實場景：一杯咖啡在手，慢慢地呷，在嫋嫋上升的咖啡芳香中欣賞街上人來人往的各色眾生相，一篇散文或小說的構思就在沉思中完成了大半。

百年的老酒店，在背後拉開的古典色窗簾中展現。

人坐在那窗前的雅座，好像在畫中。

那麼經典。

甜點送來了，小小的三層鐵架，五顏六色、形狀各異的點心在小人國的國度裏，依在三層圓臺上向我們展開笑顏，揮手致意。

心思細密。

拍攝一張，摟着，再一張，做一回都市麗人和儒雅男士。

下午的分秒腳步漸漸慢了幾拍，無窮的精力在一室的安靜和閒適中又無聲滋長；下午的彌敦道車音依然喧囂，卻被厚厚的牆隔擋在千里以外。

幾小時的慢飲淺嘗，一世紀的話題源源如水流瀉。

下午茶啊，寫稿一族的補償，閒適得那樣瀟灑美麗；懶懶散散之後又是一條快樂的魚，在文海裏暢遊一萬年。

走出咖啡閣。

渾身的咖啡香，渾身的新能量，思維無羈的暢想。

深秋的時光，再約吧，下一個懶洋洋的下午。

邊散步，邊欣賞

香港雖為彈丸之地，只要稍微注意，依然有不少空間供人休憩和散步，有時，那種擠迫和寬鬆、繁鬧和安靜的對照，是那樣極端和強烈，不由得令人嘖嘖稱奇。就好象在迷你的極短篇裏挖掘題旨，在商業氣息那麼濃厚的大都會還是可以尋覓到一寸綠意的。例如，沒有人想到金鐘地鐵站連接的太古廣場有一道電扶梯，走上去是香格里拉大酒店，酒店對過就是面積很大的香港公園。那裏有茶具展覽館、溫室花木、觀鳥園等。又有誰想到，住宅大廈密集的黃埔花園一側，也有一個環境清幽的和黃公園？炎熱的夏天，這裏儼然是涼意沁心的秋之國。

只要有心，香港某些地方，實在大有走頭，大有乾坤，適合散步。我們居家樓下就對着維多利亞港，巨型大郵輪不時緩緩駛過，節假日夜晚煙花常常匯演，寫作疲倦了，不怕沒有去處，走下樓就是維港一邊的海濱大道，可以一直走到尖沙咀的星光大道。當然，住在這一區，要散步，應該不止走這一條路。

這一區有海，有不少花木、小徑，不妨邊散步，邊欣賞。時間以百花盛開的春天和涼風陣陣的秋季最合時宜。春天，這裏呈現一片花海，令人驚喜不已。九重葛鋪天蓋地，映山紅開得很早，雙雙攜手結伴而來，還有，巴西野玫瑰，五星花，硬支黃蟬，大色紅，紅棉等等稀有品種躲在某些角落或突然在綠草叢中露面，讓我們有一種驚豔之感。春季裏，在屋村裏走動，最好帶照相機，拍攝花卉們爭妍鬥豔的樣子，灰黑二色的高樓大廈有紅得如火焰的三角梅和杜鵑花相映襯，平添不少詩意和熱鬧。我也喜歡走小徑、欣賞一些兩旁長着的奇花異草；喜歡走上那些蜿蜒在馬路上空的人行天橋，安靜得幾乎沒甚麼人，俯瞰坐落在綠意掩映的建築物、那些視窗曬着好似萬國國旗的衣褲。最叫人驚訝的是有的樹木，今天所有枝椏

還是光禿禿的，只是幾夜功夫，居然一樹的橙色花了，向朋友請教過，那是甚麼？她說是玉蘭花。春天是花季，最叫人喜悅，也叫人有微微感傷，一些花的燦爛期好短，就在最好看的時候，沒幾天，已經完全萎謝了。

秋季，我最喜歡在海邊的大道上散步。雖然依然有太陽，但秋日顯然和夏陽不同，經涼秋的過濾，烈威和火氣已經沒有了。節假日在草坡上最多菲傭、印傭群聚小憩，甚至一支大傘撐着，三兩人仰躺着享受着疏懶，嗅聞着青草夾雜着海腥氣味的空氣，無數的母親推着躺着嬰孩的小車，或停駐在草地上，或坐在長椅子上曬太陽、看報紙。海畔有人垂釣，一切是這樣舒適涼快。

我喜歡欣賞大自然的大賜予，感悟四季的輪回：也喜歡觀察眾生相，領略各階層的異同。我常常想到我們對這個世界，不妨抱欣賞的態度，一定會有不少發現，對別人也是；欣賞是一份好心態，令我們淡泊心境，寧靜心緒，在反省和學習中更快地進步。

城中一抹紅

香港春來早，燦爛的杜鵑花喧鬧了一季，已經有不少乾枯的落英躺在枝葉下泥土上，像是完成報春使命的烈士遺骸；唯有三角梅依然精神抖擻，像一抹一抹的火焰，戰天鬥地似的，在我們家附近方圓幾十裏活躍萬分，為灰黑二色的小城增添勃勃生氣。

關注附近海濱、花園、街道兩側花圃的花卉，可說受自稱「花癡」的文友曉薇的影響，她十來年熱愛花、拍攝花的的情懷，不遜色於我愛方塊字；她將花拍出了美的極致，沒有多少人可以達致她這種熱忱。因此，每當我下樓，走進那花海中，總是會留意花卉們的盛衰去留，發現三角梅在爭取人們的眼球方面依然強勢欲奪冠，反倒是被選為香港市花的紫荊花，在我們這一帶不太見影蹤。

三角梅又叫九重葛，我是新近才知道，而九重葛的名字很早就從印尼一位參賽的文友的散文中讀到，完全沒料到它以那麼親近的姿態走進我們的生活。這花兒給我無數的驚奇是其有關的知識，比如說其原產地是巴西、秘魯、阿根廷；其命名是一七六八年有位法國陸軍官L.A.de.Bougainville在巴西發現而命名。竟然有了那麼悠久的歷史！還有最叫我驚訝的是那三片卵圓型的花片並不是她的花或花瓣，而居然是它的花苞；它的花其實在中間，很小，因為三朵花並為一叢聚生，因此成為三角梅；而花苞薄如紙片，又稱「紙花」，至於「九重葛」的另名，是因為它的生長由下而上，形成多重花簇而來。看，一種花而已，所包含的知識就那麼多，真是太驚人了。像曉薇那樣頻頻在花叢裏走動日久的女子，毋庸置疑，早煉成了花博士。

並非對三角梅情有獨鍾，而是春季在香港，抬頭放眼，低首走路，總是感覺到眼前周圍有紅影在晃動，那就是三角梅了。大型屋村的花槽總有成片的三角梅像禁不住的紅色火焰噴發出來；大廈廣場的走廊兩邊，三角梅與映山紅並列着延伸到天際，像是長跑女子；濃蔭下，三角梅東一處，西一株，無處不在，讓人驚豔；甚至在天橋兩邊，也有三角梅圍繞，裝飾着匆匆的腳步。本來，小島在春機勃發時可以見到不少花卉，不獨三角梅為然。但在小島尤其我們這一角最搶眼的，就是三角梅了！我們的城市缺乏色彩，灰黑二色成了城市的基調，尤其是大霧彌天的時候，霧茫茫，灰沉沉，心情會因冷色而壓抑而低沉，可是一重重三角梅、一叢叢、一團團、一抹抹地突然出現在我們眼前，為我們城市塗抹了喜悅的色彩，給予現代化的快捷一點浪漫，減輕了鋼骨水泥森林的沉重，點綴着密集的大廈建築群，眼睛為之一亮，心兒為之一喜，生活中不也是有那樣的好人和事物嗎？

春來早，最喜城中一抹紅。

讀一朵花

讀一朵花真不容易，正如瞭解一個人那樣難。花與花之間，有時差別是那樣細微，稍微不慎，就會墮入誤區，將此花當彼花；人與人之間，面孔有的好似差不多，性格和內心相距十萬八千里。

走進花園，或者路經兩側都開滿了各種花卉的散步大道，就迷醉於大自然的神奇和造化。一年四季，季季都有花兒登場，尤其在特殊的三月。花卉彷佛與三月有約，都在三月開得最燦爛，花期雖短，三月乍開、驚豔，也在三月荼蘼。

愛書人稱書癡，愛花人叫花癡，我都不是，一直認為書癡需要坐擁書城，學問廣博，文

章也要寫得多少有點斤兩；而花癡至少懂得不少花名，像博園上的小薇，她拍花不知拍了多少，追蹤一種花的勁頭是我認識的朋友中，堪稱無人能及。我不是花癡，家居樓下、附近海濱的花卉認識的就少得可憐，卻也愛拍攝。

每天在海濱大道散步時，一邊發自己拍攝得較滿意的風景照，一邊就是拍攝花，不懂其花名也不要緊，最重要的是喜歡就行；就像欣賞美女，覺得賞心悅目就可以了，不知道她的芳姓大名完全不妨礙品味她的美。

認識的花名，整體來說當然也不算少，問題是我們家方圓兩公里內未必有讀得出花名的花的影蹤。最多最常見的是杜鵑花、三角梅、美人蕉、小野紫花之類，樓下人行大道的一側長長花槽，幾乎就是杜鵑花的天下。雪白的、大紅的、粉紅的，有時我正要拍攝時，就遇到一些散步的人、路過的人靠近花槽，站得很近，凝視着杜鵑花專心致志地拍攝，瞧那神情，好像在拍攝搖籃裏幾個月大的幼嬰。是的，嬌美、嬌嫩的花誰不喜歡？雪白的，好像素面朝天的俏村姑；粉色的，猶如三個月大的幼嬰，白裏透紅的嫩嫩臉頰，可愛得忍不住就要動手擰她一把。在花的姿色面前，我們都是好色之徒啊。霽月寫的一幅對聯裏，嬌花和美女相得影彰：「值霽日春來，約兩三個新知舊雨，粉頸朱唇，妖嬈遊草圃；期佳人美駐，如五百年賦影詩風，浣花漱玉，旖旎滿塵間。——題美女春遊」。杜鵑樹矮，成叢成簇，有時幾種顏色摻雜在一起，的確好看，就像穿不同衣服的少女，互相擠擁在一起。看到那樣的風景，有時彷彿聽到花們的喧嚷，花語無聲，只是有感覺的人總是會聽到的。

我們這海濱大道一側的花類不很多，畢竟不是在野外，野生的花，種類很多；我們這兒，富貴的牡丹、嬌媚的玫瑰、嫁接、雜交的名菊花等等一概欠奉，有的，都是那麼普通的花，普通到遠遠看去就如滿天星，普通到喚不出名字，不是以個體的美豔取勝，而是一大片一大片，有時我站立着，彎身趨近，甚至蹲下來將手機差不多觸近花面了，才能拍攝一個特寫。我常常聯想到我們人間，偉人和凡人的情況和凡花、名花一樣。唯不同的花都有謝期，只是生命的長短而已。小野花兒被少看幾眼，名貴的花兒被多看幾眼，區別如此而已，豈有他哉！我們社會裏，大部分人都不求十全十美，但都能問心無愧、知足常樂、隨遇而安地度過一生，那已經很好了，大部分人，都是小小花兒。因此我想，每一朵不同的花，其商業價格不同，但其生存價值卻是一樣的。

讀一朵花的內容和內涵，同樣需要時間，同樣值得我們尊重。

日子，如水

日子，如水。

水，透明，無味，無色。

我們的日子，就如水，一日日流逝。

如果用一個字概括就是：淡；兩個字：簡單。形容感覺的話，一個字：美；兩個字：舒服或自由。

記得多年前到印尼爪哇島西部一個涼爽的小鎮度假，那裏的朋友要我講講話。他們那兒因寫作的人少，不要我講寫作，要我們說說在香港每天的生活。

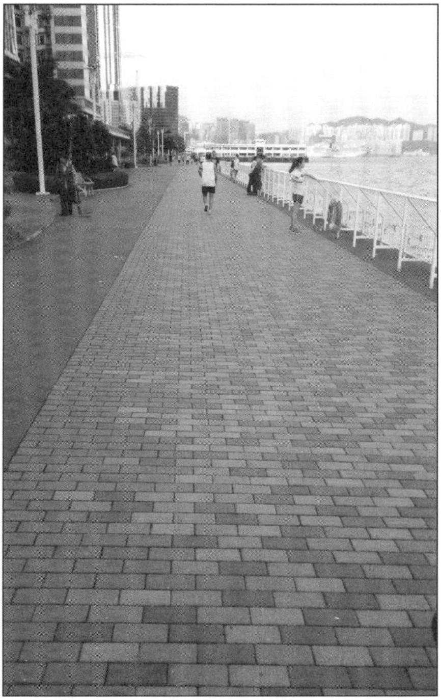

這一來頭都大了。我們的生活，確是平淡如水啊。只是覺得這樣平淡如水的日子，其實很舒服，快十年了，如果回溯得更早，二十幾年了，不需要看人臉色，不必要仰人鼻息，我行我素，無拘無束，尤其是這十年，自由瀟灑，閒適自在。我和瑞芬牽手行虎山，已經不用那麼勞累；一道走天涯，能走多遠就多遠，盡自己的能力看一看我們地球的美麗。

這樣放鬆的日子，此生夫複何求？

每天早晨，假如昨晚睡得早，一定起得早。睡到自然醒，體內的生理鐘總是那麼准，我想，鬧鐘店遇到多幾批東瑞這號人類複製品，一定得倒閉。最早是淩晨五時，最遲是七點。

淩晨五時許到六時，拉開橙色窗簾一個小縫，維港還是夜深沉般安靜，天，晶瑩寶石般的蔚藍色，港島的燈火已處在黎明前的稀落，海邊的高速公路燈長如鍊，點點滴滴的燈光點綴着半山。天色漸亮時，可以看到幾艘小船停泊在海上，一燈如豆。沒有大小輪船來往的海面如此地微波不揚。天大亮，燈全滅，霧鎖港島，灰蒙一片。

昨晚遲睡的大開心果芬，熟睡着。讓她多睡一會。一切動作放輕、再放輕。

晨早，一天之始。感覺精神特好，有使不完的精力似的。

開電腦，亮廚房和飯枱的燈。煮咖啡。煮番茄。咖啡不是三合一，自己沖製的粗咖啡加奶特別美味，自己的多年體驗，咖啡，提神醒腦，有助於寫作的效率。

慢慢品味，慢慢欣賞，棕褐色的咖啡如「靈感美液」流進肚腹。精力大振，文思泉湧，阻也阻不住。雙指開始在鍵盤上高低飛舞，一個個分散的方形字在空白的螢光幕上愉快地排列結緣，從無意義變得有意義。

瑞芬起來後，快樂的細胞睡足，都會化為興奮的話語滿屋飛揚。為她的三分之二滿的咖啡加點熱水，拉開座位請她坐。

而一天的流程，多數在昨晚已經協商安排好。我們時間觀念強，都喜歡鐘錶。家中共有四個鐘錶，形狀各異。沒有人監督的歲月，就讓牆上的時間老人陪伴我們度過一分一秒。我和大開心果芬喜歡抬頭向「他」投去深情的一瞥，在四目交匯的一剎，拼射生命的火花。於是，「他」也無處不在，睡房牆上有一個大大圓圓的；客廳牆上有一個，瓷質四四方方的，有如古董；廚房有一個，塑膠的，有水果茶壺圖案，這兩種都在多年前的臺北買的；洗手間有一個，原先的壞了，剛剛從印尼泗水工藝品店買的，海星形狀。

沒有任何人可以命令指使我和芬做甚麼，再大的「誰」我們也可以婉拒。我們自己就是自己的老闆。當然，幾十年形成的默契，不需要或完全沒有爭執，大開心果芬昨晚早把需要我第二天跑腿的東西全部做好了：兒子給的家用夾在銀行簿子裏、收到的行家買書支票、作者製作圖書的費用、收到的稿費、我們欠工廠、打字公司的費用、需要清還的水電費、差餉、信用卡支出，還有就是學校的訂單發票，連同我包紮好的要寄贈的書……放在家門口的鋼琴上。

大約十時半，時間到，我會從電腦前站起，深情地說一句只有自己聽到的話：BY BY，下午在繼續吧。早晨短短的時光，有如此的收穫，也夠沾沾自喜了。

博客定時發表的兩天一篇的新舊文，排滿了一個多月，未入《蒲公英之眸》的小小說發表和未發表的共又寫了二十來篇。再看看記錄本上，轉發的朋友文章，是否發表完了？

深秋的十一月了，氣溫依然停在二十六七度，便裝短褲上街辦事。

郵局繳費、寄書，銀行入支票，不到半小時完成。到碼頭搭車，3B。還好，睡眠充足，閉眼小寐，不至於過站。腦力勞動的疲累很快又得到休息。

沒有職員後的出版社，公司電話飛線到芬的手機上，她不需要到公司坐班依然讓公司照常運作；沒有職員撿書、包裝書，一切得我親自動手。效率好快，也不到一小時就完成了。家中好多書寄出去了，要補充，環保袋又裝滿了書。車站一側是一家超市，有時順便買點水果帶回家。搭車回家，背着十來本書，重是重，喜歡，沒辦法。

肩膀背着，雙手提着，脖子掛着……渾身是東西，於是故意按鈴，做怪臉，作弄芬，她開門，講了一句 JIA GAO SAI（閩南語），兩人大笑。

書房的大班椅，有一個屁股繼續坐上去，那是我。

中斷的思路，很快繼續接上。苦思而沒有想出的結尾，如有神助。電光火石般一閃！有了。……美化格式，放大標題，而內文呢？累了，明天才修改吧。

如水流逝的時光，流到了下午兩點（有應酬或與劉以鬯夫婦約茶敘時我們就會一時許出門，下午四時左右回家）。

我們下樓午餐，今天大家樂的下午茶吧？我說。芬也有此意，不謀而合。就在樓下。那是簡餐，還有一杯飲的。

下午的時光，餐廳對面就是超市，瑞芬買些東西。她囑咐我一定要小睡。剛剛吃飽，小睡太早，時間又過於旮旯，那麼給我報紙上【旮旯時光】專欄來一篇短文如何？題目是早就擬好，也就很快完成。

四時許，按早上與兒媳的預約，大開心果芬走過天橋，僅僅五分鐘就到了兒子家，協助工人照顧小開心果之之。她協助之之沖涼、餵奶、餵粥、陪玩、哄睡……她有時發來小開心果的照片和視頻。

七時，有時我會熱熱飯和菜，有時芬不很放心我，不要我做，一切等她回家。有時，她下午過去前都準備好晚餐的菜肴了。

幾條迷你香腸、大辣椒釀碎肉、南瓜釀碎肉、兩塊魚餅、豆腐肉燕湯，簡簡單單又一餐，控制在七分飽。

芬雖穿得時尚，但做得主廚；不做飯則已，做起來我無不豎起大拇指大讚。

七點半，各就各位，準時，芬坐在她沙發上的位置，我眼睛耳力都欠好。拉了張靠背椅坐前排。一起追劇——張豐毅、左小青、顏丙燕主演的電視劇《歲月如金》第X集。

昨晚大開心果到小開心果（小孫女）那裏餵她一碗米糊，回來劇結束，約有半小時沒看，她先讀了我用微信發給她的劇情（此處略）：

繼續看。約八點吃飯，芬替我盛好了。飯罷，用劇中八點多的廣告時間趕緊洗碗。

一起繼續追劇。好不好看都不要緊，權當休息。

我丟垃圾，芬在垃圾桶裏鋪新的墊袋。

下來我們共唱一曲《洗衣歌》：

曬衣的空間有限，要將上回曬乾的收下來，才有空間再曬新的。芬收衣服，多數她摺好，有時我也幫摺；我再將髒衣服髒處噴劑，她接過放進洗衣機，也裝好洗衣粉和柔順劑，開機。洗好，她裝在網兜裏，我去曬。

坐在沙發上與芬談明天，談訂酒店，談十二月去印尼雅加達出席報告文學頒獎禮以及之後到本哲和牙律度假的行程等等一大堆的瑣事。訂飛機票等都是芬的強項，慚愧，我只有坐享其成。回覆一些必要回的微信。

瞌蟲開始向我大舉進攻，瑞芬發現，說，去睡吧！

客廳牆上的時鐘指着十點半。

一天的時光如水流逝，流到了睡覺時間。

睡覺前喝杯水。又想起這透明，無味，無色的水。

我想睡了；瞧一眼窗外，夜的港島燈火還是那樣燦爛熱烈，一直從港灣蔓延到半山，猶如一座千萬個窗口都亮着燈的水晶城堡。

在這不夜城裏，我成了早睡的人兒，只為了明早要做一隻精神充沛的、早起的鳥兒。

我們的日子，就如水，一日日流逝，流得簡單而美。

走在街上

大病初愈，走在街上，人影幢幢晃動着，都掰成兩半影子，善和惡。

大病初愈，久違了人群和街景……自己像隻獨眼困獸關在牢籠裏太久了，突然因為外面的世界太亮，而感覺眼前一片黑。慢慢定影，才恢復原先的模樣。

猛然發覺，走在街上的人還是那麼多，熙熙攘攘；屋邨的清晨，車站成了幼童們長跑起點似的，嘰嘰喳喳，如一群又一群的麻雀，在校車周圍湧動。

猛然發現，維港海上的大郵輪還是徐徐駛經我們的碼頭，巴士依然密班開動，人們的行走還是那樣匆匆不停，不因我的隱居半月而停止分毫。

是的，世界沒有了我，依然可以如此生動，如斯美好。

突然，止住腳步，在花叢下看到排着隊的螞蟻，一身重負，忙忙碌碌，奔波來回，一時看得癡了。一剎那間有種代入感，自己也化為一隻螞蟻。

是的，人小如蟻。

病中，忘了很多事。昏昏沉沉地搭小巴再轉地鐵，到了書籍註冊組，將忘記蓋章的七種書的註冊登記表一一蓋上章。

依然掛念朋友，掛念未辦完的事。搭車回家前，在公園椅子小坐，撥動手機，辦完所有的事。真好，一隻手機在手，遙控世界，呵呵。給自己「點個贊」！

歸來，車繞了都會一大圈，在地心裏做了一次現代化旅行。

半月的靜養，外面的世界暫時隔在星球的另一邊，心，靜得微波不揚；沒有漣漪，沒有熱風；沒有仇，沒有恨，唯有感激生活的給予。

聽，心音彈奏一曲歲月之歌，看，一些樹葉飄落，秋去了，春還是會來。

走在街上，餐廳裏的人都在進食，為了下半天還需要一身的力氣。

走在海邊，看對岸港島如一幅大霧裏的島嶼，上面安放着那麼高高低低的積木，猶如幻境裏那麼不真實的城堡。

走在花園裏，幾個女傭在休息吃飯，幾個女傭在守護着小推車裏的人間小天使。花的精靈在半空中自由飛翔，蝴蝶在花叢裏翩翩飄舞。

秋季裏的春，美。

太陽西沉，涼意漸深了，想念那半個月不見、卻已如隔了三秋的小孫女，阿嫲早一步來到了，我這將自己隔離的爺爺，放輕腳步，悄悄來到，從門的鐵支間隙，偷偷地遠遠望着在屋內地上爬着的八個月大的她，她還是興奮地發現了我，雙手如小鴨子歡悅地拍打地板，睜着烏溜溜的大眼睛一眨不眨地望着我，我已經忍不住地淚眼模糊，轉身迅速離去。

忍住如浪波湧的思念，為了愛她的緣故

不見大半月，小生命依然如此活潑美麗地成長。

想念文字，四周因文字而變得如此溫暖。

靜養的日子思念變得如此豐富，如此綿長，所有點滴的思緒，都如有生命似的，自由組合，調配成一篇篇小說和散文。所有美好的思緒都是散文，所有的善良感人的人事都是小說。在睡夢裏排着隊，走進格子、映在螢幕上。

大病初愈，珍惜的多了，捨棄的更是不少。

世界，依然如此美麗。

情系飛機場

這幾年，常有乘飛機出遊的機會，因此不時都要出入於各國各城市的飛機場。如果統計那些在飛機場呆留的時間，就很可觀。因為乘飛機都要提前抵達飛機場至少兩個小時，會多出不少時間。

鍾漢斯主演的《機場中轉站》（也有翻譯成《幸福終點站》的），就描述主角前往美國途中家鄉發生政變，政府被推翻，所持證件不為美國入境當局承認，被拒絕入境卻又不能回國，被迫滯留甘迺迪國際機場前後長達九個月之久，主角住在機場，還在該城市打工，甚至有女的愛上了他。這樣的劇情實在匪夷所思，也確實是高，的而確，機場也是觀察人情百態

眾生相的絕好地方。

與印尼文友來往密切，我們的行蹤為其中一位所關注。每到我們動身抵達某飛機場，或在別的城市的機場即將回港，她的長途電話就打過來了，及時地祝福平安和一路順風。怎能不感動？有多少人辦到？

飛機場也成了我們欣賞各個城市不同機場建築風格、購物、漫步、欣賞異國風情的地方。我們通常會很早來到，早早辦好登機拿位和行李托運手續後，就會感到一身的輕鬆。因為不久後原來的雜事俗務、煩惱憂慮，全部一股腦兒都拋開了，我們即將到世界某一個城市度假，不管地方大小，都會如沖了一次大澡回來。

在飛機場，過關、檢查，都會看到各國辦事效率的差別：從機場的建築和措施，也可以感受到每一機場的不同特色。尤其喜歡那些小小的商店、餐廳，它們的貴廉是大有分別的。商店看來應該是申請而需要批准的，不然東西不會那麼精緻，那麼富有民族特色。買不買是另外一回事，慢慢欣賞，滿足觀看之欲，就是是一種很好的情趣。如果機場商店的價格不是「殺頭」那一類，而你遊覽了該國不少地方後，鈔票仍有多，手信後悔買太少，這時你就可以放心彌補，大買，買個足夠。

飛機場的咖啡座通常價格都會比較貴，那是付的情調價而不是咖啡價，如果是某種會員，還可以喝咖啡吃東西，坐上大半小時，吃完，順便將所有短訊回復了，所有電話飛線了，該通知的親友也通知了。那就不再有甚麼後顧之憂了，放心去度假吧！

每次在飛機場，覺得地方寬大，座椅也舒適，不時會覺得時間過得好慢。時間足夠的話，不妨讀幾頁書，不然看看報紙也好，要不然，坐着，慢慢觀察眾生相，都會看到很多有趣的現象。在排隊、魚貫登機的時候，難免會生起一種恐懼感，尤其是在飛機事故頻頻發生的日子裏，心，更是揪得很緊。嘴上不說，但彼此都明白，我們的命運交付給藍天了，生死由他了。一直到飛機幾小時後着陸，我們終於噓一口氣，有種死裏逃生、復活過來的感覺。就在一剎那，會突然深深地感覺「一路順風」「旅途平安」的祝福，不是不關痛癢了，而是字字千鈞重！

飛機上的讀書好時光

帶着任務的讀書不好受，比如為人寫序。書稿要從第一個字讀到最後一個字，才敢於下筆。曾經為了寫序讀一部長篇，讀完已經是半年後的事了，佩服作者，夠耐心地等我。手上常有各種各樣的俗務糾纏着，難得清靜。有時遇到度假旅遊，只好將讀到一半的書稿帶上路。

香港到雅加達四五個小時，到西歐時間更長，如果精神不睏，可以說是讀書的好時光。除了填表、吃東西，幾乎沒其他雜事干擾，因此旅遊時我習慣帶一本書或書稿去看，效率特高。書稿在港因為事雜、多干擾老看不完，飛機上就看了大半。在旅遊期間，住在酒店的那幾天，早上起得早、一杯咖啡烏在手，精神好，看書入腦。當然，有時從這個城市到另一個城市的途中，風景沒啥特別好看的，讀十幾頁書，也是常有的事。

最好的還是飛機上的讀書時光。如果出發的前夜睡眠不足，可以趁機補充，如果已經睡飽，那麼那四五個鐘頭會覺得很難過，最好是讀幾十頁書或半本書吧。

那本書最好不要太厚，帶在身邊太重，抓在手上手易瘦；百來頁就可以了。雖然這不是讀書的最佳時段，但飛機上那些人全部不認識，再吵鬧也全對你沒有影響，不像家中響起了電話，不接不好，接了萬一對方講起話來長氣，那你即使有多大的創作靈感都會一刹那跑個精光，讀書的熱度也馬上下降；在飛機上多數沒人干擾你，填好表、空姐收拾好餐具，那時你就可以一書在手，讀得十分入神，書中的字字句句都入腦，好似烙刻在你的腦細胞上一樣。尤其是下午機艙外陽光強烈，橢圓形的窗大都被慵慵欲睡的乘客拉上了，或者是入夜，眾人皆睡你獨醒，整架飛機裏一片沉靜，你可以扭開頭上的射燈，一束燈光只是照射在你的書頁上，這時，你的專注完全可以達到了一百分，還有甚麼時候比這「人書共舞」「人書合一」的境界更令人陶醉和神往呢？四五小時的時光不要小看，比起太多俗務干擾的陸上時間好用得多。有好幾趟，我幾次看不完的書，利用飛機上的安靜時光，很快就讀完了。我帶過書上飛機讀，也帶過未成書的書稿，那是一張張列印出來的、沒有裝訂的散頁，我將讀到一半的長篇續讀完了，將工作提前了一周十天的，完成序言的時間也大大加快。

也有失敗的時候，那是你上飛機前休息不夠，在飛機上需要補充睡眠。那也就不勉強，好好睡個夠。

在外度假，白天多數遊覽，在早餐前的旮旯時間，只要你起得早，依然可以讀幾頁書。當然我最喜歡的還是坐在度假屋外小院子的籐椅上，一杯咖啡在小枱上，啜一口咖啡讀幾頁書，一邊望着嫋嫋升騰的咖啡香氣彌漫草木上空，一邊欣賞紙上文字的美妙組合和舞蹈，回到居住的城市，我必然會有新的出發了。

幸運公事包

一個人的身份，有時多少可以體現在衣着及所用手袋或公事包。女的不背手袋的很少，一個名貴手袋十幾二十萬港幣的都有。設計名家和廠商暗中偷笑，賺得盤滿缽滿之外，還可將人分為好幾個階級。然男士們到了「最高境界」，有時也未必需要以背包或手袋來證明甚麼。常見的是前呼後擁的，有甚麼需要吩咐左右就行了。他不需用甚麼手袋或公事包。

回想與手袋、公事包之類的緣份，從年輕時代到現在，一直未曾斷絕過。

初到香港貴境，窮乎乎的，甚麼也沒有，上班上街，帶的是小小的、用幾次就會爆裂的塑膠手抽而已。裏面有時裝着供在路上看的一本小書、撕下來的報紙副刊、馬經、雜誌等等，那年頭我在染衣廠印染布匹，接觸的是顏料染漿，有時還帶上一件衣服替換。那時上班路途

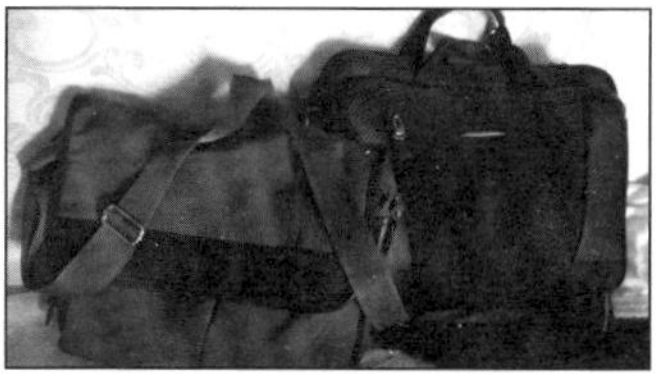

遠，從九龍渡船街到荃灣，需時半個多小時。那隨身的手抽幾天就爛了，就換一個新的。

而後我到了港島北角一家五十年代初期就成立的小小出版社做「行街」（推銷），我是毛遂自薦被聘請的。每天穿街過巷，出動的是那種像英國占士邦電影007間諜攜帶的小扁皮箱。裏面裝着的是出版社的新書、再版書、帳單、登記添貨的小冊子等，當然，由於進出的是書店，少不免也裝入我在書店以優惠價格買下的書。這個占士邦式的皮箱很笨重，哪里像現在越出越新款式的那樣多樣，小皮箱早就被淘汰，改以越來越漂亮、名貴的公事包了。

送別七十年代，迎來八十年代，我先在一家文化大機構做有關圖書宣傳的文字工作，後任一本叫《讀者良友》的雜誌的執行編輯。一九七九年兒子的出世，帶來生活的改變，我變成了重要的生活支柱。微薄的工資迫使我需要多寫寫稿，賺取點稿費貼補，在沒有任何人事、胡撞亂闖之下，《澳門日報》和香港《大公報》居然都願意用我這初來香港不久的小子的稿件，記得那時最成功的就是向報館副刊編輯推銷我的長篇小說，香港《大公報》連載的是《出洋前後》，《澳門日報》連載的是《鐵蹄人生》。長篇稿費不薄，每日刊登六百字八百字，可以連載大半年。每月結算。兩家共有四千多元稿費。那時我們的月薪只有兩千多元啊。由於時間不足，我需要爭分奪秒地找空檔寫稿，於是用上班、中午和下班人家吃飯休息和等車的時間在大牌檔和快餐廳寫這些連載和專欄文章。我上下班用的依然是手抽。不同的是這些塑膠手抽，改換大的、牢固的，還套兩層。裏面裝上了我所有寫稿的行當、報紙剪貼本、原稿紙、多種圓珠筆、報紙、筆記本、參考書、書信、郵票、信封、膠水等等，至少都有兩公斤重。我不是寫好一天、逐天寄稿的，而是寫好一個月或半個月的稿才寄。寫連載，麻煩的就是要「瞻前顧後」，下筆前先把前面的溫習一遍，才不至於出錯且銜接得好，你寫稿的時間是支離破碎的，但小說中的情節卻必須一氣呵成、人物性格沒有破綻啊。我們到了這時期，依然囊中羞澀，認為去買一個公事包很奢侈。可憐我和芬倆，七二年結婚，一直到七九年才敢要第一個孩子……髒破的塑膠手抽（即塑膠袋），仿如垃圾桶撿來的，也許有日，裏面的稿件會成為曠世巨着，有時我癡癡地幻想道。這好大一包的行當，那時中午出外吃午餐時間我都拎在手帶在身邊，我需要在大排檔吃了碗魚蛋麵後開工爬格子，半小時至少寫個八百字。在電梯裏，某些不懷好意的同事常常像長頸鹿般伸長了脖子，以獵狗般的眼睛希望探索我包裹裝的是甚麼東西，總是不可得，我連理都不理，內心頻頻冷笑。

九十年代在友人的支持下，我和瑞芬開始創業，在尖沙咀一間六百多尺的寫字樓辦公，我開始用公事包了，但都很簡便。上下班、到中小學圖書展銷，也都攜帶，大都是裝幾本要送人的書、車程中翻看的書、書信等等，我用公事包最怕品質太好的，壞了可惜。

工作減少後，出遊的日子漸漸多了。母親二零零八年以九十二高齡去世後，按照她的遺願，我們兄弟姐妹將遠在印尼雅加達納納斯墓園土葬的父親遺體火化後，將骨灰帶回香港，就與她的靈位排在一起。我平時用於旅行、裝筆記電腦、雨傘、水壺、書、插蘇等等雜物的公事包，就裝上了一罐不小的瓷鉢式骨灰，過海關、上飛機，跨過萬里海天，回到了香港。由於彷佛冥冥中有神明庇護，我們一直運氣好，縱然在旅途，也都有貴人相助，令我們無憂。於是這個公事包陪我們世界萬里遊，到過西歐，游遍日韓……重甸甸的。這個公事包，可說用了很多年。裏面甚麼都有：雨傘、水壺、照相機、相架、機票、行程、酒店訂單、書本、藥物、膏藥、橡皮圈、充電器、電線……舉凡出遊需用到零碎物件都應有盡有。

再後來，我們嫌陪我們走了很多地方的這公事包太大太重，瑞芬為我買了較小公事包，居然容量不亞於那幸運的大書包，短途的就以裝照相機、水瓶和雨傘為主，到外地旅行，也可以裝IPAD。瑞芬的女友看了認為不錯，也都給丈夫買了一個類似的。

近日劉以鬯先生（註）小恙康復了，可以如常出來飲茶，他們請我們在太古城的茶樓飲茶。劉夫人八十歲，劉先生九十八歲，一對神仙眷侶行動靈活，走得那麼好，真了不起啊，羨煞我們。劉太知道我們頻頻僕僕出遊，送了我們一個小書包，我們的書包、公事包史，又開始增添了一位新成員了。（註：劉先生已於二零一八年六月八日逝世。）

緣結澳門：文•人•地

文緣

受邀參加澳門筆會成立三十周年的一系列活動，感觸很深。彷彿一瞬間，歲月卻已經流逝了四十年。

七十年代初期，我和瑞芬踏上香港這個彈丸小島，在一個極其偶然的機會，讀到澳門日報的小説版，上面刊載的連載長篇那種濃鬱的生活氣息強烈地吸引了我。那時我業餘寫了兩部長篇，一部是在一九七七年完成的《出洋前後》，在《大公報》連載；另一部是在一九七八年殺青的《鐵蹄人生》，連載於《澳門日報》的小説版。香港業餘寫稿者者多，

「僧多粥少」，我在沒有任何人情關係的情況下，偶然問路，居然獲得接納，這對一個文學愛好者、業餘作者來說，鼓舞該是多麼大。為此，我先後和副刊的湯梅笑、廖子馨認識，算來比澳門筆會的「而立之年」更早，更沒想到她們後來成為澳門筆會的骨幹，而澳門筆會的會員大部分也都來自《澳門日報》的副刊作者。也因為她倆，認識了寫長篇的周桐，還參加過她書店主辦的澳門書展；而到澳門，每次見到李成俊社長、李鵬翥老總、李觀鼎會長，他們一派長者風範，始終那樣慈祥和藹，一見如故，不斷鼓勵我。在那幾十年中，我的短稿、長篇都令我驚喜地被《澳門日報》接受：第一部少年小說《叛逆出貓党》（原名《邊緣少年》）（還記得子馨批評：「你寫得不夠邊緣。」）、讓我獲得香港「中學十大好書」和「小學十大好書」的《校園偵破事件簿》原稿都現在《澳門日報》連載。朋友好評的《暗角》出書時請廖子馨寫了序，寫得非常棒，記得她當時對我說：「連載斷裂了，出書可能會比較好看。」我喜歡她序中優美的文字，其中一段幾乎可以朗誦了：「讀《暗角》最好的季節，應該在深秋。走進公園，找一處落寞的角落，坐在長椅一邊，攤開這本書，任着落葉飄在你頭上、肩上、腳下，任着天黑去，任着你的思緒飄進《暗角》，任着你就那樣滿懷惆悵，痛苦地死在暗角中。翌日的晨曦如果能照進你的瞳孔，你從死裏活過來了，那麼，拍拍一身落葉，夾一片在書中，站起來，迎着太陽尋找公園出口，邁出鐵門的刹那，用不着回頭望那張長椅，你當會一輩子記住這年難忘的深秋。」另一部我自己偏愛的《迷城》（原名《魂斷檳城》），都是先在《澳門日報》連載的。還有《人海梟雌》等……可以說《澳門日報》成了催生我長篇的最重要發源地。如果說，副刊是培養文學作者的重要陣地的話，那麼，《澳門日報》對我的哺育份量是太大了，遠遠勝過香港。我自己是渾然不覺的，時光猶如神偷，一直到兼當我們「澳門筆會文學散步」導遊的澳門文化局黃文輝處長說「我從小就看你文章」，才驚覺自己已經不是青壯年了。多麼希望和文友們的友情一如初見。

會與《澳門日報》結下如此深厚悠久的緣份，一方面出諸我被僥倖接納，另一方面也是我對該報淳樸純淨風格的欣賞。哪怕是豆腐乾專欄，文學氣息也是那樣濃厚，而小說版也持續迄今，比香港報紙韌勁更強。我喜歡這種純淨，而不喜歡商業性和政治性過於介入了副刊。讀競逐李鵬翥文學獎的共六十篇作品（散文與小說），感覺澳門作者對文學創作那種純淨的心靈，那種對文學的猶如對宗教般的虔誠，感動之外，也極大地感染到我。尤其喜歡對「我城澳門」那種濃濃地方、鄉土氣息的描述，充滿了萬分真誠濃厚的感情。澳門筆會李觀鼎會長在筆會三十年慶典晚宴上的致辭，言之有物，文采優美，聲調鏗鏘，振奮人心，完全是澳門式的認真，令我感到驚喜，散會後我緊握他手，表示祝賀和讚賞。在閱讀《澳門日報》幾十年的歲月中，讀到不少熟悉的名字，在這一次文學散步中有緣相見，最為驚喜。

印尼的親戚、文友來港，我們陪同來到澳門。從至親到印華副主席、新加坡名家到文友，都攜手來過澳門，每一次都得到筆會理事長湯梅笑、《澳門日報》副總廖子馨親人般的盛待。幾年前有一次，她們還約了文友和報社的朋友來一起晚餐，好久沒見到子馨，她已經升職，我有點敬畏，稱呼她「廖總」，她聽了覺得不自然，說，東瑞，你還是像以前那樣叫我名字，還開玩笑地說「你都是看我長大的」。我聽了真嚇了一跳，感動得幾乎淚下。梅笑給我看收藏的作家書信，也有我的好幾封。兩位對我的盛情厚誼，讓我感動莫名。她們的謙遜，某種程度上代表着澳門人的低調好個性。我今天若有文學上的小小成績，《澳門日報》的栽培功不可沒，每一步進步，都流着《澳門日報》諸君扶持、關注我的汗水。

人緣

我在公眾場合內向木納，聽力又稍差，往往引起陌生朋友的誤會，以為是清高驕傲，因此當李展鵬博士走到我跟前問我是不是東瑞時，我驚喜得一時語塞，那樣帥氣的面孔，且是博士、大學老師，我如何能不佩服？文字如此永久，我縱然記不住李博士的姓，腦海裏卻可以馬上泛起他那本我喜歡的《電影的一百種表情》，記得當時就在讀完後，我寫了篇《文采豐盈的光影分享》，到今天，他對幾部電影的評價用語還是那樣深刻地影響着我，而最意外的是我又獲贈他的新書《在世界邊緣遇見澳門》。

通過澳門筆會三十周年安排的「文學散步」活動，我首次見到了澳門的好幾位作者。又是官員又能說會道還會寫的年輕人，您見過沒有？在文學散步和參觀遊覽的時候，就見識了導遊、文化局處長黃文輝和導遊、文化局屬下澳門博物館館長呂志鵬。在香港，那樣的年輕高官又如此親近文學的，似乎很罕見，這又是一場大驚喜。黃文輝與我開玩笑說「有眼不識泰山」，呂志鵬獲獎，頒獎典禮那晚就坐在我身邊。細細思索，覺得這一次澳門文學筆會三十周年活動辦得好，臺灣、香港、中國大陸外賓來得多之外，時間安排上偏向慢節奏，不致太緊張，也離不開「澳門文學散步」的精彩安排。一方面近千頁、五十萬字的《澳門筆會三十周年作品選》上下兩大厚冊可供我們作澳門文學巡禮；而配合文學漫步印備了一本精美雅致的厚達六十二頁的紀念冊子，內容有路線介紹、朗讀作品和相關詩文，也太有價值了，教人感覺到了主辦者為了辦好活動而煞費了時間和苦心。即使不提這些，也無法不感動于文學散步所選的路線，必然經歷了一番仔細的斟酌。在威尼斯人建築的輝煌背後，我多少次想和瑞芬走一走那些靜靜的斜街老巷？都因路盲而不得其門而入。好了，這文學散步的大半天，我們不但能夠徜徉在那些舊城區，還見到了幾十年來讀到其文卻一直未曾見面的澳門文友。當我們在阿婆井前地等幾個地方聆聽澳門文友的朗誦，就感到了氣氛的不同，一種在現場感受的文學氣氛破空而來，又從心底油然升起。捧着珍貴的《文學散步》冊子，坐在散發草木氣息和歷史青苔味道的石板上，看澳門文友大大方方地用粵語朗誦散文和新詩，有一種現場、作品和作者都「一網打盡」的極大滿足，心想，以前，縱然我來澳門八九次，也未必有這樣好的分享「三位一體」的機會吧！在這一次文學散步中，至少見到了湯梅笑、廖子馨、水月、李爾、穆欣欣、穀雨、袁紹珊、家熹等面孔，還聲情並茂，甚麼時候有這樣半天等於二十年的效率？一切都要歸功於澳門筆會三十年代重頭戲——文學散步！我在微信裏與印尼作協主席袁霓分享澳門文學散步的喜悅，她問我「甚麼是文學散步？」我自作聰明地為她做了雅俗共賞的解讀並發去了湯梅笑在朗讀的照片：「就是編印一本小冊子，選載澳門作家有關描述澳門的詩文，五六位朗讀者、文友和外賓一起遊覽這些地方，導遊講解後，就請朗讀者在現場朗誦。讓大家感受歷史現場和文學的交匯。」袁霓大為稱讚「好主意」，我就說「你們印尼也可以呀，比如華校舊址、巴剎魚幹、丹絨不綠碼頭、丹格朗、紅溪等，總之有歷史價值的地方。」袁霓說，那些地方不方便朗誦，我說也不需要對得那麼準，比如，澳門文學散步的路線是經過好幾個地方的，從媽閣開始，經下環街巷、六屋圍光復裏、太和石級、鄭觀應大屋、亞婆井前地、高樓街、聖老愣佐教堂、風順堂上街、聖若瑟修院聖堂、崗頂前地到何東圖書館，但朗誦場地只選亞婆井前地、鄭觀應大屋、何東圖書館前地三個地方。如果印尼華文作家以後也舉辦「雅加達文學散步」的話，那真要記上澳門筆會一功了。

地緣

與澳門的情緣，差一年就是四十年。我們喜歡澳門的舊城區被列入聯合國「世遺」，大半座城市就是現成的博物館。不像香港太現代，舊街老巷，遠遠沒有澳門多。七十年代末的澳門，僻靜安寧，有點像我的童年成長地印尼婆羅洲的三馬林達。那時賭場哪有開得那麼多？我們在孩子小時候就帶他們來澳門度假，那是八十年代末期了。

近五六年有好幾次，我們來澳門渡假；儘管澳門比以前增加了很多賭場，比以前繁華，比較香港，還是相對地淳樸安靜的。曾經與文友多次住在皇都酒店。清晨，到附近的斜街小巷漫步，鋪頭門未開。整條街靜寂，沒有人影，彷佛走在一個多世紀前的小城裏；稍遲，我們再來，看到那些老士多、醬油鋪開們了，那擺設和氛圍，還是舊年代的樣子。這樣的情調，漳州有，我們的故園金門有，香港幾乎快絕跡了。要看，只好到香港歷史博物館去看了。因此說整座澳門舊城區都是好看的歷史博物館一點都沒錯。尤其喜歡走在那些碎石鋪成的小路、石板路，彷佛走進歷史，自己也成了歷史人物。

澳門只有六十萬左右人口，可是澳門筆會會員就有五十餘名，按比例就比香港真正寫作的人多了。筆會三十年慶的一幕幕，始終是那樣鮮活和充滿創意，必將留在我記憶裏。

二零一八年六月三稿

壁虎祭

這一天早晨，我將我的《清湯白飯》和《香港，你好》兩種書從有輪的小旅行袋取出來，準備各帶二十本到印尼雅加達贈送文友。正當我拿着各一本《清湯白飯》和《香港，你好》，欲將其放在屬於它們的屬堆時，一個極度駭人的景象幾乎令我心膽俱裂！

一隻完整的壁虎爬在《清湯白飯》封底上。

一動不動。

我久久地愣住，睜大了眼瞪着牠，牠還是一動不動。

小動物中，我最害怕壁虎。小時候，我很多小動物都不拍，如狗、兔、烏龜、蝦、魚、螃蟹等等，唯獨恐懼於一些軟體的動物，如青蛙、蛇、蚯蚓、蜥蜴和壁虎之類，尤其是壁虎。五十至六十年代，家居毗鄰巴刹（印尼語：市集），雖然周遭環境綠化，家也有籬笆小院，但天井的乘涼屋簷下那牆壁夜裏就爬着無數的壁虎，伺候着蚊子撲殺吞噬，深夜裏壁虎群聚，還會發出得噠噠噠的煩人聲音。大人傳說，壁虎是打不死的，在危急的關頭會自斷其尾巴逃遁，而那尾巴會一蹦一跳的，一直飛進你的耳朵！那實在太可怕了！我生怕兩隻耳朵都有壁虎尾巴在旋轉扭動，我從此成為聾子，聽不到世間美妙的聲音了。

此刻，我死死地盯着壁虎，仔細看牠是否也跟我一樣，也是死死地盯着我？只要牠有所動作，我會馬上火速按照我預想好的路線逃命。

可是牠的鎮定和忍耐太令我驚訝了！仍舊是一動不動。說鎮定和耐心，有誰比得上我呢？我可以為了情義，十八年凍結自己的任何稿件不發給某刊；我可以為了追到她，發了近「萬噸」情書給她，堅持三年之久的持久戰，終於贏得美人歸；我難道不如一隻壁虎嗎？

我太驚訝了，因為牠還是那樣一動不動，難道牠在狡猾地盤算，等着我慢慢趨近，才馬上來一個「飛尾巴功」鑽進我耳朵？我迅速回房間取帽子戴上，將一對大耳朵密密實實地藏在帽子裏。我也已經忍不住，除下近視眼鏡，慢慢彎身，移動頭部約一寸、兩寸、三寸……將眼睛睜得比被吹爆的巨型青蛙的一對眼球還大，幾乎要睜裂了！

這仔細一看，真要第二次心驚膽裂了！

那隻看似張牙舞爪的壁虎扁扁、平平的，一動不動，還是保持先前的姿態，我大奇，趨近，再趨近，終於看清楚了，想也沒想到，牠，哪里是活物？十足十是一具壁虎乾——也就是壁虎的屍骸，真是太恐怖了！我一時無法接受這樣的事實，像有一陣怪風，將我強力地震懾，我後退了幾個踉蹌，一顆百無一用是書生的柔弱之心怦怦地激烈地跳個不停。

這個壁虎屍骸死死地黏在《清湯白飯》封底「關於本書」介紹文字之上，白底上的屍體遠遠看來多麼生動詭異，姿態多麼完美經典，我掀開時手上抓的是我的另一本書《香港，你好》，封底也沾染了牠一點壓碎的肢體。我的手顫抖個不停，身體如牢牢的木樁插在餐桌旁，眼看着這一在我大半生從來沒有見過的不可思議、奇詭鬼魅的景象。

壁虎的死，當然很自然，一如人的離世，問題是牠死在書本上，就死得很意象，很文雅，簡直就跟那次香港某貨倉內被書壓死的圖書從業員的死法一樣。

我不知怎麼地，突然被一股悲傷自責的情緒強烈地襲擊。

難道我是儈子手？

回憶迅速倒流。當初我從公司取書回來，就用了這個小旅行袋裝，兩種書共二十幾本，難道那麼不巧，正當我在搬動時，牠爬過其中一本書，我把手中的五六本書壓疊上去，壓死了牠？但這樣的機率太小了。第一，當時我沒有發現甚麼小動物異動；第二，壁虎一向以動作敏捷稱著，不可能死得那樣冤和那樣巧；第三，公司雖然有間小廚房，但二十幾年了不舉炊，不可能有壁虎。但也許情況就在百分之一的機率裏發生？

排除了這偶然性，我的心稍微好過一些了。

但我一想到壁虎死在書上，無論如何解讀，都是含着為書殉情的意味，不認真處理牠的屍骸於心難安。我得趕緊將牠的屍骸清理，放置於垃圾桶內，一起讓牠被送去焚燒爐火葬。但不瞞你說，我害怕接觸牠軟軟的肉體；我取了廢報紙疊了好幾疊，猶如一張硬紙皮，這樣隔着厚紙可以將毛骨悚然的感覺減到最低；焉知用報紙捏，捏不動，顯然牠經歷時間有大半個月，早就風乾，變成了壁虎乾，其黏性比那強力膠更強。我使出了九牛二虎之力，好不容易才將牠清理到垃圾桶。我反復考慮後，決定為牠隆重舉行一次盛大的葬禮，讓夾死牠的《清湯白飯》和《香港，你好》作為牠的陪葬物，於是取來一個燒冥紙用的鉼桶子，將牠的屍體又從垃圾桶倒入鉼桶裏，把我那兩本牠「喜愛」的書用火柴點燃，丟進去和牠的屍骸一起燒了，算是壁虎界的一次隆重書式葬禮。一場震驚後，我深深地陷入沉思中。

壁虎之死，變成了一個大問號、大懸念。

我們的住屋在大廈的高層，素來沒有蚊子，連小昆蟲也很罕見，偶然有小飛蛾飛入，也很快就飛出去；蟑螂嘛，幾年了，都不見影蹤，一方面我們很少在家裏煮吃，即使小倆口燒菜煮吃，收尾工作都講究乾淨。作為壁虎捕獵的美食被殲滅得不存任何生存的空間，壁虎自然也就視我們的住宅是牠的第一荒地，怎麼可能闖入。住在這裏幾十年，只有唯一一次見過小壁虎，當時牠是在浴室裏的牆上爬動，估計浴室溫度比較清涼，牠路過避暑一會，但忽然聽到人的動靜，匆匆逃遁得無影無蹤。我敢肯定是匆匆從鄰室路過的，又匆匆到另一家去，看看哪里是他們大快朵頤的美食樂園。從此未見第二隻再拜訪我們。

於是，我還是做了第一種猜想（1%的機率）：估計是在一個很偶然的情況下，那隻壁虎進入我們出版社的貨倉，發現我們兩百平米的貨倉沒有舉炊，甚至在我們打開冰箱的時候，這隻壁虎偷窺到裏面任何食物點心都沒有，只是冰天雪地一片，知道要在出版社這樣連破窗而入的盜賊搜掠一遍全無收穫的貨倉很難存活，就看准了用小旅行袋裝書帶回家的機會，乘我不備，偷偷鑽進來，誰料到那一刹的時機多壓壞？當牠剛剛爬進，落到《清湯白飯》封底上，我手上抓住的《香港，你好》就壓了上來，將來不及逃過的牠活生生壓死。我當然是無心之失，不知就裏，旅行袋的書放置了很久才取出，壁虎就風乾成「壁虎乾」了。

但這樣巧合的幾率很小，只有1%！

於是我又做第二種猜想：很有可能壁虎經過一兩百年的進化，已經改變了獵殺嗜食蚊子的習慣，而改於啃食文字了。牠的家族成員分佈在我們這屋村方圓幾公里內，分頭出動，就是牠！此壁虎頗喜歡時尚的服裝，發現了女主人不少審美眼光很好的服裝掛滿了幾個衣櫃，欣賞之餘，感悟衣服最多培養高級的審美眼光，無法飽肚，至多只是溫暖身體，要真正療飢，還是認認真真做一隻「食字獸」！就在徬徨無助、尋尋覓覓、肚餓難忍的時候，像發現新大陸似的，發現我們的住家「富」到只有書，到處都是書，牠喜出望外，就在這一天，他知道又有兩本新書被作者的我帶回家來，乘着夜深人靜的時候，被自己無法自控的嗜書狂熱所煽動和催使，迅速爬動，鑽入那小旅行袋中。牠拼命地、貪婪地想努力鑽入兩本新書之間，焉知書非常重，書相疊壓着，更難掰開，赫格力斯大力士給了牠無比勇氣和超級神力，牠最後是鑽進去了，但畢竟屬於弱勢族群，頂不住泰山壓頂的萬鈞重量，身體慢慢扁化、變形，最後變成了一隻平面壁虎，相當於壁虎乾了。這種等同自殺的行為，難道壁虎不知道嗎？

除了這兩點，我實在想不出還有甚麼可能性了。

一千一百九十九年前的八一九年（唐朝唐憲宗元和十四年）潮州刺史韓愈為民除害，寫過著名的《祭鱷魚文》，名聞千古，傳誦迄今。鄙人不才，而今只能寫這樣小家氣文章，感嘆書的讀者數量每況愈下的年代裏，居然遇見一隻「書癡」壁虎！

為壁虎您為書的殉情作祭，列印焚燒，為您送行。

王欽賢會長二三事

在華僑大學歷任會長裏，王欽賢會長是給我印象最深的會長之一。

王欽賢做過華僑大學香港校友會的會長，算比較早期，那時和他還不太熟悉。一直到近期，才近距離接觸，卻對他的親力親為，事必躬親印象很深，有甚麼事，對我們卻是次次幾乎親自打電話。

好幾次他甫下飛機，就來電話問我們有沒有空見識沙田馬場，他兒子的馬出賽，但幾次我們都不巧，終於有一次我們有空，去了。我和瑞芬雖然住在香港那麼久，卻是首次走進沙田馬場，大開眼界。最感動的身為大企業家的他，在馬場還不斷親自為我和瑞芬拍照。這是

我們首次被大老闆的「體貼服務」，感動不已。不止如此，午餐後，他和夫人洪素玲還雇了的士，先讓車子繞一個圈送我們回家才回自己的家。這樣的事不止一次，他任主席的金輪集團股票上市時，他也親自打電話給瑞芬，請我們出席。二零一四年十二月在南京的金輪天地二十周年慶典、二零一六年四月的「金輪僑界 • 湖南文化考察團」活動，他都親自打電話來給瑞芬和我，邀請我們參加。二零一六年五月十三日僑友社的就職典禮，也親自電話。

瑞芬做了香港金門同鄉會會長後，王欽賢不因香港金門同鄉會屬於小型社團而有所忽視，收到邀請出席函，回條最快，收到歡迎捐獻的信，王會長也毫不含糊，我們捐！善款還第一個到位！二零一六年三月十三日那天中午香港金門同鄉會春茗，王夫人洪素玲先到會場，王會長在宴會開始時匆匆來到，原來他是從香港赤鱲角的飛機場趕來。在春茗中，他多次贊助抽獎的獎金。

在歡迎國務院僑務辦公室裘援平主任看望僑友暨為「香港僑愛基金有限公司」揭牌的會上，我看到他在會場忙碌，整理枱面上的名牌、排好招待點心。「金輪 • 湖南行」他非常重視，開會介紹情況，還擔心我與團員們不太熟，在茶話會上客氣地介紹我。湖南行王會長只是跟到長沙，與大家臨別時，他上車說了關心大家的話；還在旅途中不斷打電話給團隊總管林玉珍關心地詢問大家玩得怎麼樣?「金輪 • 湖南文化考察團」最後一天（四月二十六日），本來從長沙乘高鐵到深圳北，旅程就可以寫上了句號，王會長安排了公司員工楊小姐及一部旅遊車到深圳接團友，工作之細緻，令人感觸很深。

「金輪•湖南行」是他一手策劃的「企業福利」，但企業味道和宣傳味道不濃。參觀長沙的「金輪•星光名座」和株洲的「金輪•翡翠名園」售樓處和示範單位，只是安排在四月二十一日和二十六日，前後加起來不足兩小時，其他幾天時間都是遊覽山水和參觀。回來後，我稱讚這一次文化考察內容精彩豐富，政治、經濟、文化三結合，遊山玩水之外，有抗戰歷史教育，還領略了少數民族風俗，甚麼都有。王會長聽了，笑了，語重心長地說，我們也是在宣傳祖國啊。

我想再次引用我報導裏的兩段話，評價王會長策劃的「金輪•湖南行」的成功——

「……一棟一棟美輪美奂的大廈，一間間舒適現代的小康單位，我們看到、想到的是：『金輪』是『創業行商，取之社會，慈善公益，報效社會』，核心人物王欽賢就是一個溫情、富有愛心、懷舊、感恩、不斷有新猷的企業家和慈善家……。這一次他親手策劃的『香港僑界金輪湖南文化考察團』旅遊形式，就是一種富有創意的活動，開創了港商、僑商將福利、慈善項目和旅遊、考察文化結合起來的先河，提供了一次企業旅遊文化的絕佳範例。」（金輪•湖南行人物篇之一）

二零一六年五月十六日初稿

雙騎結伴攀虎山

小時候，喜歡看書。從愛看小人書到愛看大人的文學書，愛起寫作。我的夢，是不但成為一位作家，也能成為一個出版家！

那時，我人在印尼雅加達，在巴城中學讀初中。五十年代末期，雅加達唐人街班芝蘭的南星書店，便是我經常流連不舍的地方。父母給我在學校買零食用的錢我經常節省起來，累計多了，就去買書。

別的孩子喜歡玩其他玩意，我呢，沉浸在書內更為廣泛的世界，也慢慢培養起愛寫作的濃厚興趣。大約小學五年級的時候，我將一篇《阿牛》的文章投到雅加達的華人報《生活報》的副刊，發表那天，我興奮了一整天！文學書潛移默化，令我作文也寫得不錯，經常得到高分，老師好評，也不時貼堂。我參加全校的徵文比賽，獲得冠軍，獎品是兩本書：蘇聯小說《青春》和馮德英寫的《苦菜花》。

那時父親也喜歡讀書，但他讀的大多是武俠小說。我們一起到快樂世界的租書攤去借，看得我們父子如癡如醉。我喜歡文字，消解了我童年的寂寞；讀書，也讓我變得沉靜寡言；而我性格本來就內向，讀書，還讓我看到了文字表情達意的力量。我羨慕會寫小說的人，佩服會講故事的人，希望有一天，自己也變成一位能隨心所欲掌握文字的人，寫無數故事給愛看書的讀者。

小時候，養成愛閱讀的習慣，種下了想當作家的夢。

中學時期，我經常泡圖書館，進一步開拓了視野，看到了文學藝術簡直就是一片浩瀚、廣袤的大海。那時我已經從印尼亞熱帶回到了祖國，在集美讀高中。平時在課餘就愛讀課外書，假期來到，圖書館便是我最喜愛的去處。冬季，我可以大半天躲在溫暖的棉被中，像一隻冬眠的蟲兒，狂啃古今中外的名着。這個時候讀到的課外書最多，也最為難忘。我多次在後來的文章談到了這一個時期。我寫過《方形文字祭》，有段是這樣的：「一個個方塊字，融化為我們五千年浩瀚無涯的文化海洋，造致了大海兩岸無數遊覽不盡欣賞不完的人間最美麗的文化風景。你縱然划一葉扁舟，可以在魏晉南北朝那綺麗精緻的亭臺樓閣稍作停留小憩，又怎麼可能攀登上唐詩宋詞的高山峻嶺，將所有美麗文字的極致全部領略？你即使將孔子老子莊子等諸位巨人的人生哲學像讀着一座座大山那樣讀完，恐怕會又興奮又疲倦地迷失走不出來；你或者一部詩經在左手一部楚辭在右手，往往感到艱澀高深的同時，又被其中的神秘和美麗吸引，久不釋手，永無倦意。……幾萬個方塊字，每個字都是變幻無窮的魔幻元素，融化成我們驚世的最深沉的文字海洋！」我寫過《遙望大海》，裏面有段是這樣的：「一系列大文豪的名字早在少年時代在我心中紮了根。托爾斯泰的三部曲，簡直就是三個大海洋，規模龐大相當於俄羅斯這樣的大國家。《戰爭與和平》裏的千軍萬馬，《復活》裏的罪與犯罪的救贖，《安娜•卡列尼娜》對不道德婚姻的探討，思想都很博大，直接觸及幾百年人性深處的探討，令陀思妥耶夫斯基稱作者為『空前絕後的藝術大師』，高爾基甚至認為『不認識托爾斯泰者，不可能認識俄羅斯』。雖然只是三部，但部部經典。這是以深度和廣度取勝。再看英國的被稱為全世界最卓越的大文豪之一莎士比亞，一生寫了三十八部戲劇，幾乎部部都精彩，他的戲劇就是一個大海洋；法國的巴爾扎克，一生創作了九十一部小說，創造了兩千四百七十二個性格鮮明的人物，總稱為『人間喜劇』，被譽為『資本主義社會的百科全書』。《全唐詩》裏的詩詞就多達四萬八千九百多首。南宋詩人陸游存世的詩詞就多達九千三百多首，它們都是含金量很高的大小海洋，是中國古典文學的瑰寶。……我也欽佩一生只有一部大作品的人，如曹雪芹『批閱十載，增刪五次』的長篇《紅樓夢》就是一部封建社會的百科全書式的偉大不朽作品。全書七六八個人物栩栩如生，他們就是封建社會裏各層人物的縮影。肖霍洛夫一部《靜靜的頓河》也就足夠讓他屹立文壇。」

我喜歡文學，非常入迷。如果有機會讀大學，一定要讀中國語言和文學；如果能拿起筆，我希望也可以寫好多好多的書，成為一位作家。

走進青年歲月，成為大學生了。讀好書成為任務，但對前途感到一片迷惘，因為雖然依照心願入讀了大學的中國語言文學系，然十年文革動亂對許多人都是噩夢和災難，對我這愛書人更是狠命的一擊！所有圖書、所有古今中外的精神讀物都成了封資修的毒品。在那沒有書讀的日子，我的心一片灰，常常感到，如同一粒微塵，被吹落、遺棄在黑暗的角落，不但外面的世界不知道，連書內的世界也不知道了。……多麼希望雨過天晴，閱讀文學作品的日子重來！

我有點迷惘，滿懷不舍地，與另一半瑞芬攜手跨過羅湖橋邊境線，落戶在香港。從一九七二年開始，我做過不少工種：玩具裝配工、苦力、打蠟清潔工、印染廠的染布工、木行經理……我甚麼工作都願意做，只要憑自己的雙手謀生，我就不覺得可恥；可是我總覺得我的人生似乎有所缺，我命中應該與書有緣。

終於，十年文革過去了，書的出版漸漸又恢復了。不少我曾經喜愛又失去的書我又買回來了。我常常到書店做蛀書蟲，站着閱讀，慢慢注意起一家出版了不少文學書的小小出版社，我不自量力地寫了一部至今想起來還是會臉紅的中篇小說，寫了封信，和稿件一起寄到那家出版社。沒想到出版社經理收到，不但見了我，為我修改，願意為我出版，還問我願意不願意在他們出版社做事。這令我喜出望外！當然是求之不得啊。因此，儘管小出版社很小，社址設在一棟破舊的唐樓地下，職員也只有幾名，但這是我接近文化、接近出版業和文學的重要第一步，無論如何艱難，無論分配給我的是甚麼工種都不要緊，重要的是我喜歡。我被分配為圖書推銷員，每天公事包內裝着三五本新書和再版書，走遍香港的大街小巷的大小書店推銷。我喜歡這份工作，還有甚麼事比推銷健康的精神食糧更有意義的事呢？

從愛看書、愛買書，發展到推銷書！那時已經有人願意出版我的書，這已經不是夢；開出版社，才是更大的夢！我的雄心壯志是，將來，不但可以出版自己的書，還希望為別人出書啊……

幾年後我因為一次《書與我》的徵文比賽獲得冠軍而進入一家大出版機構做事，被安排在宣傳部，依然是推銷書店工作，不過，形式已經不同，已經從跑腿推銷改為動筆宣傳了，為公司發行的好書寫些短小的書介，不久我從公司的四樓調到十一樓，做起一本讀書雜誌的責任編輯。當雜誌結束使命時，我的工作還在繼續，在該大公司屬下的機構做圖書編輯。這些歲月前前後後都有八年。

至少有五六年的光景，我利用上班提前一小時、中午到大排檔吃魚蛋麵後的時間、下班人家排隊等車的時間，跑到大牌檔或快餐廳寫稿，我許多連載的小說都是用這每天偷來的兩三小時時間完成的。長篇連載而外，我也寫了不少短篇和散文。除了為自己的寫作打下了基礎外，我也賺取了一些稿費，彌補了我薪酬的微博和家庭生活費的不足。

當機構以莫須有的理由放棄我時，我沒有放棄自己。

當海外一個朋友投資香港，擁有一個小小寫字樓，願意借出讓我們下海做任何生意時，我和另一半芬沒有猶豫了。不走出一條新路，更待何時？

我說，做出版吧！我說，我們分工，妳做董事總經理，管一切；我做董事總編輯，管編務。另一半芬說，好，我們就那樣辦！我說，如果我們失敗了，我就再去打工吧！我們知道文化出版像是一座虎山，途中荊棘滿布，危機重重，山路艱險，縱然跌個鼻青臉腫、渾身鮮血淋漓也是毫不奇怪的。

我們用有限的資金開始出版一些健康的兒童文學、青少年課外讀物和純文學書籍。最初的幾年由於我們籍籍無名，局面打不開，直到我們出版一份書訊小報，將它寄到學校，我們這家小小出版社才廣為人知。於是，開始有老師約我們到他們學校展銷。我們感到很興奮，那三年來，不僅為了生存，也是為獲一分真知，我們足跡遍及元朗、屯門、青衣、葵涌、荃灣、沙田、柴灣、北角、新蒲崗、慈雲山、橫頭磡、九龍塘、何文田、彩虹……少說也有十幾二十個區，出出入入中小學幾十家。也許不敢說出諸十分的自覺，大概是嚴峻的形勢迫人，迫得你非要這樣做不可。如果你的時間、精力、金錢大都投入到「書」這種產品上面，只管生產而不顧推銷，大部分書不過成了裝訂成冊的廢紙，那麼，有一日我們會發現自己被成噸的書埋死，再也爬不出來。

我們只有三個人，有時需要將書搬到四樓的圖書館，書展就在那兒舉辦。好傢伙！樓梯的梯級，不但陡，而且高。書不是一本一本的，而是幾十箱，一箱一箱的。有的用新奇士橙箱，有的比橙箱還大。捧抱第一箱時渾身發熱，氣也不大喘。可是捧上第二箱第三箱直上四樓時，腿兒已發瘦變軟，我真擔心腳一踏空，猛不防整個人摔下來。常常是：在一小時前我因拚盡牛力弄得全身污濁邋遢，一小時後已是另一番景象了：換上了雪白的白襯衫、配繫了鮮豔的領呔，外加深藍西裝，坐在售書旁的小枱邊了。小枱擺有石頭印章、印泥。打正名堂：作家某某為同學簽名。

出版業不容易啊，出版一本書，難，推銷一本書，更難！如果說出版一本書只要有資金的話，那麼花費口舌勸說人家買下那本書，更需要一點高明的技巧了！如果不是最佳拍檔、我的另一半瑞芬在一側勤力介紹、不厭其煩地告訴同學們坐在這裏的就是東瑞，他在你購書之後將為你簽名、題詞，我一類的寫作人真羞於推銷自己的作品。

我們倆裝着互不認識，很少人知道我們是夫婦的身份。這樣，大大方便另一半芬向學校師生推銷我的書。九十年代，我的書已經出版近一百本了。

我們在學校的展銷，有時生意很少，同學購買力有限，結果兩天的展銷書只賣了十幾本，但是我們不灰心。我們希望學校重視，給同學看書選擇的機會，建議由老師帶領學生進入禮堂的展場。有的學校果然做得認真，進展場的隊伍秩序井然，然後由六七位早就安排好的、被指定協助維持秩序的同學充當司儀說幾句有關書展的話，包括今日有某某作家來為同學們簽名之類。煞有其事，認真負責，令人好生感動。在一所怎樣事先估計，也估計不到會出現那種熱烈情況的屋村小學，終於迎來一個「出版人的盛大節目」！是日學生來領成績表，由家長陪同。校長和主任希望藉此讓他們接觸圖書，推動一下讀書風氣。他們為免學生擁擠，將書展當放映電影一樣，把學生分成五批放進來。當一批進入地下操場時，外面有一批在焦急萬分地等待。鐵閘門一開，像是洪水沖裂堤岸一般，展場頓成了鬧哄哄的市場！收銀處排起了三條長長的人龍。輔幣到銀行換了一次又一次！

最令人難忘的是我們到了許多出版商不願意去的離島——長洲展銷。我們只有三個人，將近二十箱的圖書艱難地搬上船，到了長洲，又只是三個人齊力把書推上高坡，才慢慢地推到學校。小陳一向是開車運貨的，也管貨倉；另一半芬是董事長，也是收銀員；我是總編輯，也是業餘寫作人，此刻，三個人都變成了男女苦力。學校老師看到我們滿身大汗，非常感動。頭天生意不好，第二天老師發動「一人一書」，結果展銷掀起高潮，書展結束時，十幾箱書只剩下幾箱。

在那艱苦的、拼搏的歲月中，我在業餘不忘寫作，寫了不少散文、小說、評論和兒童文學作品。到了二十一世紀初，我的書已經超過了一百三十種！

從自己買書看書，出自己的書，到出別人的書、賣書、推銷精神食糧，這一條路走得不輕鬆啊！

最令人高興的是我們出了不少新人的第一本書，尤其是兒童文學作家的第一本書。能出書太不容易，這種鼓勵的力量很大，不少作者就是得到了鼓勵，成為他們寫作的轉捩點，令她們走上了創作之路。我們也取得了香港資深老作家劉以鬯文學前輩的信任，前前後後為他出版了十四種著作，其中不少是被公認為他的經典長篇！香港文科大學生必讀之書，如長篇

《酒徒》。

到了二零一六年，我們出版社走過了二十五年的歷程，共出版了約六百種書，有幾十種書獲得重要獎項和上好書榜，我們還兩度被表揚，獲得「商業展關懷「的榮譽。我業餘堅持創作，自己的出版社和別家出版社總共為我出版了一百三十餘種書，出版區域包括中國北京、湖南、四川、廣東、臺灣、新加坡、馬來西亞等地。

我屢屢獲獎，既以《山魂》獲得過香港中文創作最高獎項散文冠軍，也獲得過鄭州頒發的「小小說創作終身成就獎」……。

我圓了小時候的夢想，出版了自己的書，也出版了別人的書；我和瑞芬從愛書、讀書、買書、推銷書，到寫書、出版書、推銷書、賣書……不知不覺走了二十五年的路。

每一行業都有難處，這出版的路更難！但畢竟我們曾經雙騎結伴攀虎山，汗水滴淌在製造和推廣人類的精神食糧上，可以說已經問心無愧，無悔今生，盡了自己一份微力了，既圓了自己的夢，也圓了別人的夢！

（本文二零一六年獲得世界華文文學第二屆全球散文大賽優異獎）

獻給母親

【說明】九年前，當我在讀這一千八百字的悼詞時，沒料到在場的聽得那麼專注，鴉雀無聲；也絕沒想到好幾位親友跟我要了這篇祭文，最沒想到的是極少眼濕的我讀完時已經滿臉是淚。母親不是甚麼偉人，她只有小學四年級程度，但在我看來，平凡普通的她的一生並不遜色於任何大人物，她的告別禮是那樣隆重而感人。

今天，我們懷着沉重而難過的心情，向母親做最後的告別。我謹代表我們幾位兄弟姐妹，在此獻上給我們敬愛的母親的悼詞，送母親一程，表達我們沉痛、哀傷的心情！

母親走得十分平靜、安詳。在您生命的最後一刻，有二十多位兒女子孫圍繞在您的身

邊，與您告別，您可以說已沒有任何遺憾了。然而，母親，在您生病期間，雖然您言語已有困難，但看得出來，您對生命還是相當留戀，對兒女們仍是十分不捨的。母親，您就放心地去吧！我們每一個家庭，每一位子孫都會好好過日子。

母親，您走了之後，每一天我們都十分懷念您，既深愛着您又非常欽佩您！母親，您的生命力非常強韌，您的生命跨越了兩個完全不同的世紀。九十四年不是一個短暫的歲月，您一步一個腳印，平凡而偉大、充實而有意義地走完了您的人生路，留給了我們數不清的珍貴的精神財富。在漫長的日日夜夜中，您率領您的兒女子孫，經歷了社會和時代的各種變遷，頂住了生活上的風風雨雨，成為蔭庇我們的擎天大樹！您在我們眼中永遠是一位強者，既是我們兄弟姐妹凝聚力的出色家庭領袖，也是我們勇敢面對生活困難的強大精神支柱！

我們不會忘記，在那風雨如晦三十、四十年代，日軍南侵，民不聊生，社會環境極為惡劣，您和父親歷經千辛萬苦，從森林到小鎮，從加里曼丹的三馬林達到爪哇島的雅加達，幾度變遷，幾度漂泊，終於將我們幾個兄弟姐妹拉扯長大、養育成人。我們不會忘記，您和父親慈悲為懷，將家境困難的侄兒侄女收養，視為己出。我們不會忘記二戰之後，在百廢待興的五十年代和動盪不安的六十年代，您和父親為了讓子女受到更好的教育，毅然決然地將我們分批送到自己的祖國繼續讀書和深造，最後連一個子女都沒有留在自己的身邊；母親，您經歷了茶飯不思、以淚洗面、獨自咀嚼寂寞苦果的滋味；但您想得很深很遠，為的是兒女的大好前程啊。您的廣闊襟懷、卓越遠見和壯舉，贏得了親友們的尊敬和讚賞。我們不會忘記，七十年代初父親去世時，您強忍悲痛，獨自處理父親留下的許多大小事情之後，又隻身飛來香港與兒女相聚。動盪的年月將您磨練得非常獨立、膽識過人、精明能幹。您的人生字典裏從來沒有「困難」、「害怕」、「退縮」、「懦弱」這些字眼！

母親具有中國傳統女性身上所具有的一切美德。她善良、嚴肅而富有權威，我們做兒女的都非常敬愛她。她自己本身就是一位非常盡職的母親。她對子女的關愛一直延續到她生命的晚年。她這種母性的愛和母性的溫熱，可以說體現得非常強烈和完美，貫穿在她的一言一行和一生一世中。在她的眼中，我們這些五六十歲的老兒女，是她永遠長不大的孩子。誰有病痛，誰家失業，誰工作不如意，事無鉅細，她都事事關心。每個週末，都是我們兄弟姐妹相聚、探望她並聆聽她教誨的時刻。母親常常鼓勵我們要努力工作、奉獻社會：她常常說，只要是憑雙手去工作的，就問心無愧；母親又常常為兒女的事業加油，為兒女工作上取得成就而高興：母親勤儉節約，擅於持家。在她的教導和關心之下，我們幾個兄弟姐妹雖然在生活上都要勞心勞力，沒有一個大富大貴，但都能平平安安、擁有一個穩定幸福的家庭。

母親個性非常倔強，經常勇敢地強忍着各種病痛。一直到她的晚年，我們始終沒有見過她唉聲嘆氣的時候。她熱愛生命，從不諱病忌醫，她有甚麼病痛，總希望醫生趕快為她醫好，她也從不害怕動手術甚麼的。在她年邁體弱、已開始不良於行的時期，她曾經多次「拒絕」拐杖和輪椅，最後，在兒女力勸之下，雖然還是用了，但也比其他老人家遲了很多年：她多年前多次跌倒，但很快又站起來自己走了。二哥的病逝對她是一次很大的打擊，她傷心了很長的一段日子，最後還是挺過來了。母親的堅強使我們每一位兒女都很佩服；母親堅強的品格，堪稱我們子女做人的典範！

母親在生時從不獨是為自己而活，除關心自己的子女之外，她關心的事很多！她關心我們這個社會和世界，不時閱讀報紙標題和收看電視新聞；她關心並熱愛自己的國家和民族，關心香港局勢：母親雖然只有高小文化程度，但她的悟性很高，秉性聰明，嫉惡如仇，經常與我們討論她的見解和看法，說得頭頭是道。她的過人智慧常常令我們做兒女的萬分驚訝，她關心親戚、朋友的狀況；她關心香港的金門同鄉會，身體力行，不分多少地略盡綿薄。母親這一事事關心的性情，也深刻地影響着我們，值得我們好好地學習。

母親，千言萬語都說不盡您給我們留下的美好回憶；歲月流逝，也道不完我們對您的欽佩、愛戴。與其說您已經離開了我們，不如說您已去遠行。我們會牢記您對我們的恩情，永遠懷念您。母親，安息吧。

（母親逝世於二零零八年九月二十七日於香港，享年九十四歲）

十一叔

據說他兄弟共十一個，他排行最小，人稱十一叔，閩南話就簡稱「叔阿」，慢慢的，連他的子女都不叫他爸爸，習慣了跟着叫「叔阿」。祖父娶有兩個祖母，十個伯伯雖然為不同母親所出，彼此感情都很好。

十一叔年輕時代在廈門集美中學讀過幾年書，寫得一手好鋼筆字。隻身闖蕩南洋，首到之地應該是印尼的婆羅洲吧，娶了也是金門人氏許家的長女阿霞，岳父母是賣鹹菜花生的。四十年代日本鐵蹄蹂躪島國，為避戰亂，曾經一家子逃到深山老林。五十年代初十一叔在首都雅加達同鄉人開的公司謀到一份文職，就逐漸把全家老小遷到首都去。再後來，十一叔在島與島之間買賣椰幹，將兒女陸續送到大陸讀書去了。

儘管經濟拮据，十一叔為人卻重情好義，助人為樂，鄉親觀念很重，他見其中一位兄長家貧，嫂嫂是當地原住民，把一對侄兒妹收養，視為己出，培養成才，侄女在印尼成家，侄兒送回國升大學深造。他念念不忘故園一對幼小的外甥女，匯款到金門讓她們讀書生活。

十一叔喜歡打籃球，喜歡開玩笑，喜歡看武俠。四十幾歲，他已經是滿頭白髮，白髮襯托着他古銅色的皮膚，令他和其他的兄長不同。十一叔要看武俠小說時，就會讓小兒子到快樂世界的華人租書攤去借。那些武俠小說，如果是金庸最新寫的，多數是油印本，那就一章章地借，其他舊的就借成套的單行本。父子一起看，有時還會一起討論書內的情節。

十一叔喜歡阿霞遠在婆羅洲小城達埠的小外甥女、小名叫妹妹的。小妹妹七歲與外祖母到雅加達大姨家做客時，大姨丈十一叔見其聰明伶俐，又聽到她親密地跟兒女們一起「阿母、阿母」地叫大姨，喜歡得不得了，就和阿霞一起收她做乾女兒。他好希望有日外甥女小妹妹能成為小兒子的媳婦。他好玩，就在一張小兒子和這外甥女兩小無猜的合照背面寫下一首打油詩：

遠離慈親阿母依，三重關聯心肉兒；幼年妹妹每相欺，一載相思苦成癡。

後來，果然如他和阿霞的心願，他去世前一年，看到了他倆的牽手。

十一叔在南洋拼搏得很勞累，六十三歲就過早地離世了。他的墳墓最初在雅加達一個沒有樹蔭的炎熱墳場，在香港的兒女如到椰城會到墳場為他掃墓，燒燒銀紙祭拜他，不過，十一叔始終是很寂寞的。前幾年，九十幾的阿霞希望靈位能擺在一起，十一叔的兒女們一起到印尼遷墓，經歷了挖棺、焚燒、攜骨灰回港等等一系列手續和功夫，圓了父母死後同穴的願望。

十一叔的骨灰罐是他的小兒子一路跨山越海、飛過萬里藍天帶回香港的。

小兒子就是我。他的外甥女就是現在的瑞芬。

十一叔就是我們的父親。喊了他一輩子的「叔阿「，比老爸還親。

放天燈許願

到臺灣宜蘭，最不能忘記的就是放天燈。

在電視劇裏看過放天燈，很是好奇，無數漂亮的天燈飄浮在天際，非常壯觀。但不知道它們為甚麼會飛到天上？

在臺灣宜蘭平溪菁桐小鎮，安排了這樣一個節目，我們就非常驚喜和期待。原來平溪的菁桐是個古鎮，不僅有老街，還有舊式火車站。我們走進去，就感到一種舊年代的味道撲面而來，興趣盎然。老街不知年代有多少久遠？一家賣工藝品的乾脆將店鋪命名為菁桐文物博物館，最初我們還信以為真。外面有搞笑的塑像、長椅和郵筒。車站外的籬笆上還掛滿了不

少許願的竹簽和木簽，整齊地懸掛在一列。還有就是賣雜貨的、水果、工藝品的店鋪。

其中就有一家店鋪非常漂亮，全店擺滿了大大小小的五顏六色的天燈。小的自然都是工藝品和擺設品，最大的就是大天燈，大小體積好像一個大水桶，製作功夫猶如糊風箏，薄紙一律都是紅色的，一個個掛着，供我們一會兒發放。一個家庭或一對夫妻共同擁有一個，我們全團只有二十幾人，分成八九組，天燈不需要太多，了不起就是八九個，都讓旅行社包下來了。之前，導遊已經交代了我們放天燈需要做的事情，就是在天燈的四面紅紙上寫上許願語句。由於是首次參加這類活動，一時間有點手忙腳亂起來。主要是祝願語事前沒有擬好。我和老伴各握了大頭筆，慢慢思考慢慢地寫。

我們祝願兒女一切都好，他們兩家大小都健康平安、家庭幸福、工作順利、萬事如意，寫完，輪到祝福自己了，這倒不難，畢竟平時就有了腹稿，而且次序早就擺好了，是決不可顛倒的！

第一項毫無疑問是祝福自己「身體健康」。如果沒有健康的體魄，拼了老命、不眠不休、完全不考慮勞逸結合地寫作，一旦把身體弄垮了、病了，你再有豐富的素材、特別的天分，試問，你還有甚麼本錢完成你的寫作大計？許多文友見到我出版了一三八種書，大多數人認為我是「專業作家」，要不然可能是二十四小時不眠不休的敲鍵怪物，心疼我，我很感激，但也誤會我甚深。其實，身邊人最為瞭解，我與被想像的不同，凡夫俗子一名，煮咖啡、跑銀行、拖地板、洗碗碟、晾衣服、迭衣服、與孫女玩等等，樣樣都做。兩人如有甚麼感冒咳嗽，都是第一時間上醫院診治。我不但當身體是生活的本錢，而且是寫作的本錢。

第二項是祝福自己「家庭幸福」，每一個家庭成員都平安健康、家和萬事興。重視家庭、家庭第一，實在沒甚麼不對，完全是應該的。那個和你組織家庭的人，就是與你一生結緣的人；穩定的家庭，是促成社會穩定、族群和諧的重要因素，我們的社會畢竟是由一個個家庭單位組織成的。如果你和家人的關係處理不好，設問你有好心情寫作嗎？如果你對家庭成員缺乏關懷，對家庭沒有奉獻，她們對你的寫作會做出支持嗎？家庭是我們文人的大後方，除非沒有組織家庭，那就另當別論。

第三項是祝福自己工作順利。我們在香港，專業寫作和靠稿費謀生的人是極少數。多數文人憑微薄的稿費或版税收入，那是養不活自己的。如果有個本職工作最好，有一定的收入，業餘才來寫，把寫作當着一種興趣和愛好。我的正式職業不是作家而是編輯，在工作和創作發生矛盾時，創作要放在一邊。在香港，社會很現實。許多與文字文化有關的機構，聘請的是校對、編輯，就沒有誰請作家。除非社會極端重視作家，一本書的版税吃不完，否則，一份穩定的工作是很需要的。

最後，才是祝福自己創作有成。能寫多少就多少，不要勉強自己，也不要有壓力。首先把健康搞好，唯有好的身體，才可能具有大本錢；唯有關心家庭，才可能得到她們支持；唯有把本職工作做好了，生活資源才得到保證。

把祝福語寫上，自己的和家人的都有了。天燈店裏的老闆和家人，就帶着天燈，帶我們和團友走到前面的菁桐火車站，走下月臺，站在鐵軌上。我們看到不少人的天燈都飛上天際了。輪到我們的，只見老闆娘用打火機點燃了天燈裏的蠟燭，風又正好處在強勁時刻，叫我們準備好手機，老闆娘的十一二歲的孩子正好在場，我們把手機給他，瑞芬對他説麻煩替我們錄影，他很醒目，不但為我們拍照，還拍攝了全過程。我們發現，天燈裏燃放的蠟燭，火焰有向上的引力，再借助風勢，天燈很快就向高空飄飛上去了，原來如此。多年來的疑惑也豁然開解了。

我們在放天燈時，也祝福了所有親友文友身體健康、家庭幸福、工作順利，創作豐收，萬事如意！

放天燈真好，將祝福放到天際，蒼天接受，大地作證。

我的另一半

我的另一半瑞芬，在博客上，一向都站在我背後。寫，以我為主，但幾乎所有評論互動，她都讀遍。與我行虎山、走天涯時才牽手。名字亮相在博客標題上，自思梅老師始，豫蘭老師次之。豫蘭老師大作《東瑞先生及瑞芬夫人印象》，沒有重男輕女，絕對平等，寫得很客觀。在印尼泗水大家邀我講座，歡迎橫幅上，她的名字與我並列，絕非「跟得」夫人。

我這另一半，我寫過多次，比較重要的有《從嬌嬌女到出版人》《為何我們再次相遇》《小表妹》等，這是散文中的她，也是比較真實的她；而小說《小站》《雪夜翻牆說愛你》等等，大脈絡是有的，模特兒也以她為藍本，但多少有了些虛構成份，那是小說裏的她。

然，寫自己的夫人是不容易的，一來朝夕相處，距離太近，似乎有點麻木，容易陷入主觀，難於客觀；二來她乃至愛親朋，標準不好把握，將她捧到天上，會見笑大方；把她說得一無是處，等於罵自己傻瓜；三來分寸很難拿捏，聽過無數厭男怨婦的背後牢騷，那已經是足夠達到了離婚的邊緣；也讀過一些寫作人寫的另一半，哇，把老婆捧到天上，百年不遇，比皇后還皇后，太過離譜。不過我讀過一位妻子寫的最佳暖男丈夫，還真是把我感動得不行。一位女的，嫁個億萬富翁未必就是大幸事，但嫁給這樣好的老公絕對是前世修來的運氣和福氣。我這另一半，我對她好，新加坡著名女作家尤今看在眼裏，八十年代末對她說，瑞芬，妳嫁給東瑞很幸福；後來，與她接觸多了，感歎地改口了，她說，東瑞，現在，我要倒過來說了，你娶到瑞芬，你才算真幸福！

許秀傑老師經常在手機或紙條稱讚瑞芬「淡泊，寧靜，樂觀，堅強不屈，氣質高雅」，說得沒錯，許老師有兩次見面、親自接觸、觀察和感覺的機會；豫蘭老師與我們開通了微信，對瑞芬有如下的評價：「瑞芬夫人除了助夫成功，自己也事業有成，頭頂上被很多光環籠罩，但夫人從不以此驕人，可見夫人的低調兒與謙和。」「東瑞先生的文友和學生們她全部視為朋友或者親人，以至於像我這樣的從未謀面的人初次與她聯繫也無陌生之感，那種喜悅恰似久別重逢。」這是在文字閱讀和彼此通訊後的評價，也是頗為準確中肯。思梅的「現場素描」中以「好看、好玩、好吃」六字「真言」概括瑞芬性格更為一絕，我們把它珍惜地作為我散文集《飄浮在風中的記憶》的序。

但幾十年前的瑞芬其實完全不是這樣，七十年代我們移居香港後，社會這所大學，歷練和磨礪了她；她的性格，也從柔弱、內向慢慢改變，變得外柔內剛、能幹果斷。《從嬌嬌女到出版人》側重寫她在我們共同的出版事業擔任的角色；《為何我們再次相遇》側重寫我與她如何「緣定三生」；《小表妹》描述在創作上她如何影響我，成為我的基本動力。本文簡述她的個性吧！尤其從理財方面看她如何有遠見，如何改變我們的經濟狀況和身份命運。

瑞芬善於聯絡。平時出遊，舉凡跟旅行社訂機票、在網上訂酒店等等雜事，全靠她。到了異地，住進酒店之後，馬桶不通、草紙用完、床單太髒、被子有異味，她電話一打，就有人前來提供、更換或解決，由於她善待服務員，笑臉迎人，言辭禮貌，也就贏得服務員好感，感到了被尊敬，很快就解決問題；聯絡朋友，約定見面，也都是靠她；有時她能將一天安排得有條不紊，五六次的見面小聚，一場緊接着一場，非常緊湊。

瑞芬還善於理財，一家所有的財政大權，全交給她。她注意樓市的起跌，明白炒股票還不如投資樓宇升值快。她交了銀行的好友，那就等於有了好顧問，銀行業務或投資方面有甚麼不明白的就請教；像我，接到地產商的電話會很煩，但瑞芬從不拒絕地產商的電話攻勢，還頗交了幾位地產業的朋友。有段時間，我們需要放樓盤，也需要購屋，她交代地產商「有甚麼地點好又急着脱手的靚樓可以打電話給我」，於是地產商一旦有這一類「物美價廉」（粵語叫平、靚、正）的秘密地產情報，一定會率先打電話給她，瑞芬就占了市場的先機，買樓、出租等等業務，對她來説，從無難題，往往好快迎刃而解。十多年前，樓宇好市，投資地產頗為明智，在自己財力非常有限的情況下，她憑着人緣，憑着勇氣，實行了一次投資上「蛇吞象」的壯舉。這一次大動作，顯示了瑞芬在東瑞「任其發揮、由她自主」的放心態度下的極大果斷，我們從事的艱難的出版業、兒女的置業，都大大因此而受益。我們做了二十五年的出版業，黃金時代其實只有上世紀末那幾年。我們到學校書展，一做就是一整天，生意有時很不好，即使遇到營業額比較好的好學校，收到也是面額很小的紙鈔。但是，瑞芬與我都不灰心，紙鈔一紮一紮束好，幾年下來，積少成多，後來都派上了大用場。

瑞芬不放過任何機會。許多銀行、保險公司、酒店、超市，食肆等等常常為了推銷，提供一些需要一些條件的優惠，瑞芬都抱試試的心情填填表甚麼的，結果往往不壞，在我們屋邨五十餘家食肆吃午晚餐，打折就很便宜，日積月累省了不少錢；以信用卡購物積分，到了某個時候，我們居然獲得了多次乘坐頭等艙或商務艙的機會。

我這另一半心熱。除非到西歐那些沒有親友的地方，一般出遊到內地或東南亞，我們帶的一大一小兩個皮箱，大的那個就裝滿了送親友的手信。她總是想得很周到，不願白白受人家的熱情招待，初次見面，也算是一種見面禮吧。瑞芬關懷起親友，熱情周到。她為住院的舊同事擦背抹身，照顧老人……好朋友生病，她當親人一樣，前後探望了三十幾次。

我這另一半心細。小東西如藥丸、紐扣掉到地板上，肉眼不易發現，她遠遠就看到；有本書的一個人名，我這終審和外發的校對朋友都沒發現，我們將模糊的原稿上的「濱」都看成「演」，我後來把原稿給她看，問她這是甚麼字？她說是「濱」！有次金門寄郵件來，不知是掛號文件還是包裹？瑞芬說，你得帶小車去取吧，東西有二十二公斤重！我問她怎麼知道？她指着通知單上的某處，叫我看，我才看到上面以極小的字寫着12+10kg!她說，甚麼東西我們都得研究一下，有時裏面很多乾坤。

我這另一半心善。我報刊的稿費全部交給她處理，她收到後，再掏掏錢包補了不少，再捐給《印華文友》《山風》《牙律小刊》《東區文苑》等這些印華虧蝕的文藝刊物或相關組織。儘管我們是窮出版社，常常入不敷支，瑞芬還是在自身難保的情況下，盡力資助印華文學作者的書出版，那怕支持一個封面或編排書稿也好。她還多次資助出版印華作協徵文比賽得獎集。出遊帶回的好東西，該送別人的為先，我們總是排後。朋友有難，托她賣首飾，她不顧自己的盈虧，按對方開出的滿意的價格自己買下來。我母親在世時就說「瑞芬東濤他們是讓別人吃飯、自己吃粥的人」。

瑞芬心慈。為了小孫女趕快吃好一餐，可以在未足一歲的寶寶面前裝扮成老頑童，瘋瘋癲癲地跳舞和小孫女玩樂。她對老人、對弱者，對小人物充滿憐憫關愛，她（他）們都喜歡她。喜歡她的朋友跨越窮富兩個階層。她常常成為不少朋友傾訴心事的最佳對象。

瑞芬心淡，在泗水東區文友俱樂部邀請我主持講座時，把她請上臺她才上臺。平時公眾場合，要她講幾句時總是推辭，要不就托我代她講幾句。唯一的例外是每年一次或兩年一度的春茗或中秋聯歡，她就需要上臺講三至五分鐘的話，因為她是香港金門同鄉會的會長，需要代表同鄉會致辭。她不愛上臺講話，寧願在普通的場合與朋友談談天。她樂觀開朗，心直口快，似乎沒有可以難倒她的事情；她看不慣那些爭名奪利、好名出位的人，非常鄙視。

瑞芬的笑聲是我創作的動力和遲鈍思路的潤滑劑，只要她情緒好，我的創作效率會很高。因此她每天笑聲的有無多寡，成了我創作量質的最佳晴雨錶。

瑞芬的缺點也有，輕信，太直如此等等。前者，她易受騙；後者，她易得罪人。由於大家看她優點多，缺點也往往忽略不計了。

話就此打住，共同生活了四十幾年的另一半，我只是隨便列舉她的行事為人，但她可寫的當不止這麼多啊。

父愛如山

一個小女嬰俯伏在她父親暖熱寬大的胸膛上熟睡。

她俯着、睡着，她的父親仰着、醒着；父親的心跳連着小女嬰的心跳。她是那樣巧小迷你，他是如此巨大碩實。他的寬廣溫熱的胸膛像是一座平頂高山上的草原，而她彷彿是一脈小小的山丘。他像一隻巨大的仰躺着的大象，她就如一只剛剛誕生不久的小象俯伏着沉沉地睡。不錯，她就是二零一五年三月三才來到這個世界的小悅之，肖羊。他是她壯年的父親，也肖羊，她就是他的小羊羔。

小羊羔安靜地熟睡，如果驚醒，翻一次身也不會跌下來。大羊有些疲倦，但有一種不注

意似乎無法察覺出來的微笑和幸福感。

這一張照片，看得小女嬰的爺爺奶奶眼熱眼濕。

爺爺奶奶就是我和瑞芬。

幾日忙碌，沒時間去兒子家探望，想念小悅之，在群組裏發給兒子媳婦一個關心孫女情況的短訊，不久，兒子發來媳婦為他父女倆拍攝的兩張照片。最初我們看了，只覺得有趣，好玩，笑了，再笑了，一個那麼大，一個那麼小，那麼鮮明的對照，叫我們被強烈吸引了。兩張類似的照片我們看了很多次，那種被吸引的感覺，猶如我以前觀看林子容老師那張《永遠的情人》，欣賞曉薇的《烏鎮彩燈》。一張是愛情經典，一張是水影經典。令人久久定睛，愛不釋手。這一張父女照片的光影不是很講究，也無太多突出之處，感人之處就在兒子似乎在睡眠不是很足夠的情況，與小女兒構成的照片構圖，不是抱在懷中，不是舉在頭上或坐在兩肩上或背在背上，而是兒子身軀鋪開成為寬廣的大地似的，以胸膛為床，護衛着俯睡中的小女兒。兒子微微笑對着鏡頭，已經有些倦意；小女兒一動不動，渾然不覺，神態比躺在溫暖的小床還甜蜜。之後，我和瑞芬又將照片欣賞了多次，每一次都感動，都引起了一系列的感觸。瑞芬說，沒有想到維兒這樣的顧家庭、愛女兒；我說，我們做爸媽的天職已經完成，對維兒完全可以放心了，他不亞于當年的我啊。一般女方餵奶、抱女嬰，我們見得多了，就是大男人較為罕見，不少是不屑一顧的。當然，當母親餵奶時，母愛就是深沉的海洋，與父愛的高大的山峰，形成山海般的大恩澤。

兒子在我們眼中是長不大的，因此對他如何當父親我們一點兒思想準備都沒有。小時候的他調皮，少年時期叛逆的歲月也不省我們的心，工作後屢遭挫折，繼承了老爸沉默寡言的品行，有時他話很多，滔滔不絕發洩對欺負他的人的不滿，分析問題絕對比我們好；有時沒話，靜得怕人，但興之所來，會在他媽媽生日時寫了真誠感激和欽佩媽媽的話，令瑞芬讀了下淚；有一次還寫了一篇文章，與我的小文呼應，說是送我的生日禮物，說我是他的偶像，勸我舊地重遊不要那麼傷感。也讀得我眼眶濕潤。兒子原是教小五的，對學生挺好，成為家長們的偶像，調他到中學教的時候還心情難過不捨了很久。他的每一步前進和轉折時的出色成績，我們都老懷大慰，視為上蒼對我們做父母的嘉賞。儘管對一些事物和問題的看法我們或有不同，大家也都能互相包容，不影響彼此的母子、父子的感情。

近日有親友來探望小悅之，我們看到維兒抱女兒的親昵姿態，當小孫女躺在小床時，我們又看到維兒眼睛流露出一種過去沒有過的憐愛、呵護女嬰的溫柔，所有的暴躁氣都消失了。歲月多麼有情，始終會將兒子打造成一位合格的父親，現在，他就朝着平凡而偉大的父親這條路上慢慢走着。

多少年後，歲月的日曆紙泛黃了，記憶模糊了，這張照片會鮮明如昨。
一個小女嬰俯伏在她父親暖熱寬大的胸膛上熟睡。
一個那麼碩大，一個那麼巧小。
像大羊和牠的小羊羔。
父愛如山。

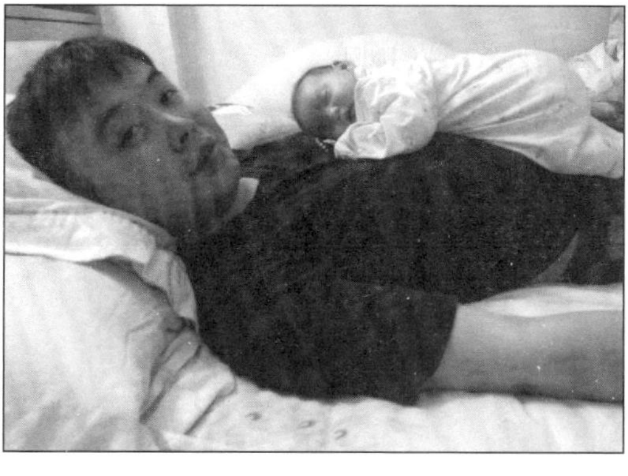

女兒牌電腦教學影片

我從二零一零年初才開始學電腦打字和其他一些技術。抱着「打字第一」、「急用先學」、「用不到的不學」的心態。學是因為客觀形勢所逼，出版社經常收到用電郵發過來的信件和書稿，非懂不可；主觀上是大家都說打字快，我有點不信。如果確實快，那麼我就可以從幾十年的「爬格子生涯」跨越到一個現代化階段，一定會在自己的創作事業上來一個飛越。

但我最初信心有點不足。

我分析了自己學好電腦的「資源」：願意教我的文友雖然有，但我這個人太怕麻煩，多時不願意求人。最有利、又近距離的是自己的一雙兒女：兒子是語文老師，女兒是讀日語的，他們都屬於高學歷，電腦技術都很棒，只是工作太忙了，願意教我但時間不足。最重要的是我本人，具有那種未經嘗試勿輕易言敗的不認輸精神，這是最有利的條件。比如博客的上照片，我就試過因為忘記點擊「確認」，失敗五六次重新再來過。我想我人雖比較愚蠢，但永不氣餒最為重要。例如將照相機的相片儲存到電腦，兒女先教母親，我看了好多次，才敢自己試試。當然，自己摸索也很重要。很多技術，都在舉一反三的摸索下學會。

但有時，因為手勢不慎，會突發一些情況，令我急得不得了，那就要求救於兒女了！

兒女，成了教我電腦最重要的老師。

女兒和兒子，雖然學的專業不是電腦，但電腦都很厲害。他們教老爸的方式都各有自己的特點，突發情況也是。

例如，我從二零一二年到二零一七年出遊照片檔案，突然一不慎，不知失落在甚麼地方了？這類情況下，因為不是萬分緊急，我求救于兒子，兒子很遲下班，不會特地趕來，但會在幾天之內帶小女兒之之來家玩耍或睡覺時順便看看和解決掉。這類屬於出特別問題，不需要學。如果屬於技術性的，他會耐心地一步一步示範給我看，然後叫我做一次給他看。兒子學的是語言學，碩士論文是研究粵語的，當年學位讀的是漢語，我有甚麼詞打不出、甚麼字如何拼音，一些古典詞如何解，他都協助我，給予很圓滿的解決或解答。

女兒細心，秉承了母親的聰慧，她電腦也是無師自通，可以與兒子討論得有來有去。她教我的方式，有時是由女婿代勞，有時我用微信求救，她馬上心領神會，將解決的方式、步驟也用微信發回。我再不明白，她就用「圖解法」，（還是視頻呢）發給我看，我再蠢也就不會冥頑不化了，多次的突發問題就迎刃而解了。比如最近一次，也是我的手（瑞芬形容我「麻風手」）不慎，桌面突然只剩下一半，筆記本也只是一半，整個螢幕畫面只能看到一半的東西多麼不爽？女兒馬上明白，用微信配合視頻的方式指導我、教授我操作，解決了大問題，她稱這是《女兒牌電腦教學影片》，我感謝她，說這比你們請老爸吃千元大餐還好，還令爸高興。她說老爸開心她也有滿足感，還表揚我說，老爸在這樣的年紀電腦掌握到這樣的地步算是很好了！

最令我獲益的「課程」是，兒子為我設定了拼音的含糊法，解決了我多個無法分辨得清楚的雙韻母字的拼音，女兒教授我繁體簡體字如何馬上轉換，這都是非常實用的技術，令我受益無窮。

在我學電腦的路上，兒女是最重要的老師。我的另一半瑞芬則記憶力超強，沉落在遺忘王國的電郵、電郵位址，她會很快就找出來，也實在不可思議。而女兒發明的《女兒牌電腦教學影片》最得我心。讓我看到的，已經不止是她的孝心和耐心了……

春之誕

初春季節，那麼快，樓下操場籬笆，已經是一泓花海了。、

映山紅（杜鵑花）大有一種蔓延開來、無地不長的趨勢，實在來得洶湧如潮、聲勢壯大。球場邊的籬笆、屋村的周圍花欄、二樓窗外的花槽、路邊的花圃……到處可見大紅、淡紅、杏紅、粉紅、白色的杜鵑，與三角梅、其他的報春花相映成趣，也令人目不暇給。大自然很神奇，彷佛有魔法一般，或者吹吹一口氣，春風拂蕩，含苞欲放的花卉，昨夜還是在乍暖還寒的樹葉間瑟縮着，一夜間，就開得燦爛熱烈了。大自然界四季的更遞輪換，實在太神速。在渾然不覺中，我們在黎明與夕陽之間來回奔波，已經是滿頭的白雪了。非常喜歡和感

激這些每天進入我們視野的映山紅，帶着喜氣，感覺滿心的歡悅，又讓我們回到少年時代的心境。

忽然想起了那一個深夜裏，我隨着瑞芬的腳步，悄悄地走進兒子的家，我們看到客廳裏一個熟悉的背影，也讓我感動了很久很久的一個背影。大自然界開了花，人世間，在這個家庭，還結了果。三月三，一個叫悦之的女嬰誕生了，像是小天使，給兒子的一家以及有關的很多親友以滿心的喜悦，那是不亞於滿山遍野帶來春天的喜氣，得到那麼多人的祝福啊。

兒子白天要教書，媳婦夜裏要多休息，芬協助他們值值夜班。

這時已經是午夜十一點半了。我們走進兒子屋子裏，就看到一個壯碩高大的背影，坐在沙發上，背部對着門口。小悦之才來到世間十幾天，小小的，好像一個可愛好玩的洋娃娃，正在被他一隻大手掌托着頭部，右手抓着奶瓶喂着她。這個正在給他餵奶的不是兒子又是誰！但見他那抓着奶瓶的右手，其中一個手指輕輕地動動奶瓶底，富有頻率的節奏令小嬰兒看來很受落，他的小嘴正在起勁地吮吸着奶嘴。瑞芬走過去，在沙發上的另一邊坐下望小孫女，而我久久地站着，走到兒子跟前，觀察和欣賞他和小悦之這一幅溫馨的《父女圖》。比我三十幾年前做父親強多了。我看到兒子雙眼滿含着憐愛。我看到在壯實的兒子手掌上，那小孫女是多麼地嬌小。我看到了在昨日我們不相信能看到的情景，真的，彷佛還在昨日，那個淘氣的小兒子還在塗改作業手冊（七樣變成五樣），還在入迷地玩遊戲機，還在喝着我為他沖的奶茶，還在昨天我們擔心着他長不大，事事要媽媽操勞……今夜，我們從兒子為他小女兒餵奶全神貫注的樣子，從他無限愛戀無限欣賞和充滿無法替代的愛和親情的神情，終於看到了一位少年如何擔起父親之責，他也必將在歲月中，從一位平凡的爸爸成長為為一位偉大的父親。

在每天的黎明和夕陽之間，我們走啊走，渾然不覺已經走到鬢如霜，髮似雪的日子；也在渾然不覺裏，兒子遺傳似的，將自己作為一名好暖男正能量地提供給給社會，為家庭服務。當我稱讚他做一名人師人父人夫都可以獲一百分時，他還謙虛地說做人子還不合格呢。

春季裏，每天清晨我都要走在屋村一片花海的夾道中，就會更深刻地感覺到四季的更遞是那麼快捷，人也是，老子老媽變成了爺爺奶奶，兒子媳婦也就變成了爸爸媽媽。

這是春之誕的啟示。

小公主出遊

黃氏家族三家人從中午氣氛開始緊張，事緣小公主之之即將出遊。

小公主很少出遊，尤其是出到離城裏不算太近的新界——大埔海濱公園。

因此小公主出遊一事，在黃家也算大事。黃家三家人一向很難有個共同休息的星期天。

個個興奮而緊張。

那是因為所有成員都樂意陪着公主出遊。

不到十個足月的公主，可見其魅力和權威多麼地大。

準備

小公主的爸爸提早一天在微信發出通知，小公主的姑姑、姑丈、奶奶、爺爺一呼百應，熱烈贊成。小公主自己呢，她每天都呆在家裏，來來去去的，從客廳到房間，再從房間到客廳，方圓也不過七八米，她最多是人一落地，迅速來個強勁大翻身，展開她陸上蛙泳的出色本領，可以穩穩奪取女嬰「全屋大暢泳」的冠軍，可是問她樹是甚麼，花是甚麼，葉是甚麼，她就朦朦然一無所知了。

她也喜歡出遊呀！

她一見那麼多大人聚集家中，爸媽都在大包小包地準備着，知道又將乘大車小車出遊，情緒特別高昂。

本來出外嘛，最好是先出浴，換新衣裳，恐怕今晚回家太晚，睡意太濃，把睡蟲全都趕跑，那就麻煩了！睡是她的第一愛好！但小公主吃粥吃得太慢，時間不夠了，只好先去郊遊，回家再說了。

坐車

小公主之之坐大車已經不是第一次，她喜歡特地為她固定的小專座。那是在中間的的位置右邊，專座特別寬敞舒服，好像她的那架小車，有安全捆綁帶，靠背的直斜還可以調節。設備高級猶如飛機商務艙的特色座位。偶然她的媽咪帶她駕車出門，只要把她往那裏一放，她也會是絕對安全的。何況現在一側有奶奶唱歌，一隻溫暖的手兒有節奏的在她身上輕輕地拍打呢？儘管車窗外掠過五顏六色的彩色世界那麼好看，那麼吸引人，也顧不得看了，混混沉沉入睡是第一舒服的事。

接力

抵達公園停車場的時候小公主就從大車被抱到小車。

每天都上班到華燈初上才回到家的爸媽，回到家，第一重要的是抱抱小公主。因此好久或好幾天沒見過之之公主的奶奶爺爺姑姑姑丈，一手接着一手，輪流推着小公主，稱為「輪班制」或叫「接力賽」也都行吧。

從公園門口推到大草坪，再從大草坪推到旋轉塔下；從公園餐廳推到停車場，再從大埔超級城的商場推進餐廳……在商場最樂，聖誕氣氛濃濃的，到處都是人。

每當感覺小車被推動的快慢節奏不同，小公主都要抬頭張望，換了誰在推她和小車？甚麼時候小公主之之曾經坐小車那麼久？排隊叫名字、食客才可以進餐廳的當兒，爺爺奶奶就輪着推小推車，之之小公主高興得依偎在車子的欄杆，看看來來往往的人群，堆積如山的貨品，大得可怕的廣告，花花綠綠的聖誕花，啊，不時有路過的阿姨叔叔逗她，她也快樂的不時揮舞雙手，如同下地來個陸上大蛙泳，在她看來，商場就是全世界了，小公主之之啊樂得如同要飛的小鴨子！

簇擁

冬季的午後，大埔海濱公園不冷。

風兒微微，天氣暖暖，泡泡上天，紙鳶飛舞，花蝶翩遷，一個小公主坐在草地上，眼睛大大、好奇地張望生氣勃勃的公園。

塑膠席子上，她的四周坐滿了家人，呵護着她，簇擁着她，撫摸她的頭顱，拍照、拍照、再來還是拍照。對了，從公園門口拍到草地，再從公園小徑拍到泳池邊，小公主都成了焦點，成了中心，被簇擁着，被愛着。

小公主被豐厚的愛包圍，來不及吃一口餅乾，又是拍照。一會這部機，一會那部機；幾部機輪流或同時出動！圍住她拍！一會姑姑姑丈抱抱，一會奶奶爺爺抱抱，一會爸爸媽媽抱抱！一張十張百張。

捕捉蝴蝶不成，之之的媽媽為她買來了一隻蝴蝶夾，戴在她頭上。一個小公主坐在草地上，眼睛大大，好奇地張望生氣勃勃的公園。風兒微微，天氣暖暖，泡泡上天，紙鳶飛舞，花蝶翩遷。冬季的午後，大埔海濱公園縱然來了微風細雨也不冷。

美食

逛罷公園，天色已暗，驅車到大埔超級城，大人要吃晚餐了。大人有滿枱的美食，小公主也有，家裏帶來的，粥，還是熱熱的呢！奶奶一口一口地把小公主喂飽了。她倒也不調皮，只是喜歡站在椅子張望陌生的大人世界。累得大人要緊緊地守護着她。

沐浴

小公主出遊了，整整一天，累的要睡了。

雖然是千呼後湧，大陣仗地猶如簇擁着小皇族出巡，大車小車齊齊開動，大袋小袋不勝其多，長火短火充分準備，大人疲憊不堪，小公主何嘗試過那麼長時間在外？

從大車再到小車，再從小車推到家裏，小公主已經睡得好熟好甜。

到家了，小公主那裏知道還要沖涼？驚醒了她一枕好夢。她抗議啊，她哭鬧，啊，連平時覺得萬分喜歡和舒適享受的沐浴時段也無法忍耐啊，睡神在召喚她啊。

小公主出遊，整整一天了，好累好累。沐浴後不久的她就睡了。夢裏的她仿佛被誰逗着，露出微微的笑。

小公主出遊，不同凡響。

記二零一五年十二月二十七日全家第一次陪之之到大埔海濱公園郊遊

人淡如菊

東瑞先生當編輯以前擔任過基層的工作，接觸過很多不同類型的人，閱歷深廣。他人淡如菊，待人親切，無論人生活或是寫作經歷都是相當豐富的，東瑞先生深沉好靜，見其人不如讀其書……

——黃海維序《東瑞小小說》二零零三年四月

東瑞的文章不豔麗，但那落花無言、人淡如菊的「無」和「淡」，就讓我感到了寫作者的深刻之處。

——徐織《與東瑞聊書》二零一五年五月

寫作四十幾年，評價我作品和人品的文章無數，早期的不少是小學生、中學生、老師和文友的評論和讀後感，結集成一本《東瑞作品導讀》，後期的有關文章數量也夠龐大，甚至香港文學館梁科慶館長也都為我寫過文章。我都珍藏着，希望有機會時也能整理成一本書，不辜負讀者的一份美意。我也寫青少年文學，有年，新加坡的尤今將一袋寫在彩紙上、裝幀設計得極精緻的數十份她的新加坡學生讀我書的報告，當禮物送我，令我驚喜萬分。是的，有時來自一位初中生的特別評價給我的驚喜甚至不亞於一位大教授。我是那麼欣喜！

其中，形容我「人淡如菊」，最叫我欣喜和感動。至少出現過兩次。第一次出現在黃海維為我《東瑞小小說》寫的序，在那篇序裏，他稱我為「先生」，目的是為了保持客觀，以免一些讀者先入為主，以為因為父子關係而兒子給老子打了感情分。我首次讀到兒子對我這個父親的印象。當時兒子二十四歲，還在北京大學讀碩士。沒想到十二年後，又從文友徐織的文字裏讀到類似的評語。真是無比的興奮。

在許多評語裏，最不能接受的是稱我「大作家」，像我這樣的小作者就稱大，那簡直是羞煞和折殺我，真正大的該怎麼辦？豈不是要加上大大大大大作家或超超超超大作家？最受落最開心最樂意的就是這四個字的讚美了。我喜歡低調，不張揚，看淡、看破、懷舊、感恩、知足、隨和，不易動情更不易忘情……送我這一句，是較準確描繪我，也是一種鼓勵。多少年後，我一直牢記着它，今天才訴諸文字，說說我的感想。

「人淡如菊」語出司空圖的《二十四詩品》的《典雅》篇：「玉壺買春，賞雨茅屋，坐中佳士，左右修竹，白雲初晴，幽鳥相逐，眠琴綠蔭，上有飛瀑。落花無言，人淡如菊，書之歲華，其曰可讀。」《二十四詩品》是評論詩歌美學風格的名篇，某些詞句用來形容人品也顯見其巧妙。眾所周知，菊花是中國花卉中的四大君子（梅蘭竹菊）之一。早期的菊，多是黃、白單色，複色的很少，近代，中外交流頻繁，經專家們的嫁接，菊花色調漸趨斑駁繁複，不那麼素淡了。一千六百年前的東晉詩人陶淵明吟詠「采菊東籬下，悠然見南山。」那時節的菊花不用說肯定是又雪白又素淡又清雅的。哪像現在，菊的形態已經大變，趨向燦爛華麗，因此菊花還是舊日即那些「古早味」的較好。

人淡如菊，就是不霸氣，不囂張，既沒有那些報春花的先知先覺，也沒有那些富貴花的忘形和得意，靜靜地開放了，落瓣時又是那樣的靜靜無聲凋落；

人淡如菊，就是完全不傲氣，甘於平凡、沉靜，就是一種對自己的信心、理想與性格的執着，為人淡泊、淡然、淡定，堅貞如一，收斂、謙和、樸實、脱俗、恬淡而不括噪；

人淡如菊，就是不齒于名利，不擔心榮辱，不迷失於誘惑；

人淡如菊，就是不易動情，一旦動情又不易忘情。在平日裏，因為閱歷豐富，溫柔細膩的心，在紛亂的世事人事的磨礪下已經不會隨風動搖，亦會激動，但激動于一時，不會太久，據說來源於個性的渾圓，所謂的渾圓就是沒有尖銳的尖角，但絕非和稀泥，心中自有一把尺規，一條準繩，喜歡給人留有空間，留有一份餘地；就是洗淨鉛華，富有自知之明；中肯恰當的意見，默默記下並努力改正；壞話、造謠誹謗傳來，通常這耳進那耳出，不在心中留痕，沒啥影響。內心喊的勵志語是，不要理睬，做自己的事要緊！

人淡如菊，對朋友，始終如一，幫了人不聲張，不求回報，最好趕快忘記；交朋友，不願意等價交換，最好是君子之交淡如水；平時來往不密，但始終在內心深處牢記；對於親人，有意見往往從好的方面去理解，不願意太依賴太麻煩太計較，盡自己本分，該做的趕快做，文章，該寫的儘快寫，不必考慮出路和發表。

在公共場合，拍照時讓人站前站中，自己最好站後站角；旅途裏，為另一半拍得多，為自己拍的少；開會時，讓人先說、說完、說長，自己後說、短說，最好不必說。各種花中，最不喜「勿忘我」這花名。

人淡如菊，其實是高境界，我沒有完全達到，我還要努力，真正如兒子和文友評價和形容的。願與你共勉之。

生日的驚喜

生日，總是平平淡淡地過去。不太記得朋友的生日，也沒有焦急地期待被祝福，這樣就不會失望；當然被祝福會很開心；總是感到意外的驚喜。就像送書給朋友，她（他）何時看，看不看都沒關係；樂意讀我就很滿足了，如果突然，讀到他（她）寫的一篇讀後感，那幾乎是天大的驚喜了。也許長期心態如此，從來 不會為這些小事煩惱過。人，不過是一粒微塵、地球上的匆忙過客而已，非常地渺小。人的名字是一種符號；人的生日，在算命先生眼裏也許有着複雜的意義，於我看，這一天或那一天，都差別不大。

早年我們為生活忙碌，為柴鹽油米醬醋糖拼搏，忘記了自己的生日；孩子們還小，則養

成了設計賀卡的習慣，連同送我們的父親節母親節的賀卡，我們都一一珍惜地收集珍藏在一個大資料夾裏，還有紅包、禮物，無論貴廉，我們都如獲至寶。年歲漸長，孩子們走上工作崗位、能賺錢了，就輪流請我們飲茶吃飯，禮物賀卡紅包照舊。我的生日在五月，瑞芬的在六月，這兩個月常常是我們出遊的月份，有一年，瑞芬在印尼的大庭廣眾歡聚會上被祝福，主辦者還捧出大蛋糕，至少百來人的祝福叫瑞芬激動不已！而我也試過在爪哇島西部出遊時，三個大城小鎮的文友都先後為我祝福了三次，真是受寵若驚啊！

今年最大的驚喜是兒女們祝賀我和瑞芬的生日兼父親節母親節，特別提早在詠藜園吃一餐，席間，女兒端出了一份貴重禮物給我，說是全家五個人分攤出資買的，打開一看，居然是最新最貴的蘋果牌手機（原來他們知道我的已經不好使用了）。真是開心不已。過幾天，女婿、兒子就先後幫我設置許多的功能項目。

不是一樁驚喜而已。

五月三十日我生日那天中午，兩位女文友還提早約我和瑞芬到黃埔花園地標黃埔號的「煌府一號」喝茶（午餐），見面即掏出合買送給我的禮物，一支名貴的鋼筆，瑞芬也有，被贈予一支眉筆。真是第二次的開心。兩位女文友，面貌娟好，雅而不俗，美爾不艷；也可以算是東瑞的粉絲。非常感謝她們多年來對我們的不離不棄。女文友一位叫吳月萍，早在十幾年前她就來信給我談起對我著作的讀後感，令我驚喜；之後我們還通信，我曾請她到尖沙咀的辦公室小坐，為送書給她，還約過她在書店林立的旺角見面。那時我們辦一份《青果雜誌》，月萍雖然為家庭婦女，相夫教子侍奉母親於晨昏，作風儀表不同與一般婦女，溫文書卷氣，她熱愛閱讀，也喜歡寫寫東西，我約她寫稿，她寫了兩篇水準很高的小小說《隱蔽青年》和《電子遺書》發表在我們的《青果》雜誌上。後來，我就約了瑞芬，與她三個人在九龍尖沙咀加連威老道印尼餐廳樓下的茶座喝咖啡吃點心。大約幾年前，文友華娣為朋友出書奔波，月萍介紹她找到了我們。書出了，歲月滄桑，人事變遷，中斷了聯絡幾年，竟然在臉書」（FACE BOOK）上找到了彼此，又恢復了來往。這一天月萍約的就是華娣一同來為我慶祝。華娣的婚姻充滿羅曼蒂克的傳奇色彩，她早年在印尼一個島上，遇見一個香港海員來她家人開的商店購物，雙方見面時，四目相交，均感應到彼此有電流發射，在空間互相撞擊，雖然悄然無聲但強度很大，那種電流叫「愛電」，又叫「一見鍾情」吧！就這樣，他的先生「贏得美人歸」，華娣嫁來了香港，圓滿了兩地情緣。我開玩笑說，妳的故事我還需要採訪，只差一點就可以敲鍵了！她大笑。大家談得好開心，月萍談起以前我約瑞芬一起見面，她當時感覺有點奇怪，以為我「那個」，我加以解讀：我希望大方能幹的瑞芬被我的文友欣賞，也希望我有深度的文友被瑞芬認識。她恍然大悟，原來我有這種「雙贏」的苦心。

當晚，當我在書房裏敲鍵的時候，又來第三次的驚喜。

兒子、媳婦和小孫女之之突然來我們家，帶了一盒蛋糕為我這老爸慶祝生日，兒子媳婦還為我和瑞芬與小孫女拍了照。這沒預告的形式以前未曾有過（以前都是商量好的），真是又一次意外的驚喜。女兒當晚不巧有小恙就沒到場。

我在五月二十一號剛剛在浸會大學高峰論壇做了有關網絡文學和紙質文學的演講，這一次收到的禮物——名貴的手機和鋼筆，不正是兩者的象徵嗎？

當然，它們的價值遠不如親情和友情，這才是無價之寶啊。

二零一六年六月十日

我的寫作生活

我的寫作生活不神秘。因為四十年來出版的著作多達一百三十八種，有的人就推論我是專業作家，那是大大地錯了。我的正職是出版社的總編輯，寫作一直是業餘的。寫作，不但不是我生活的唯一，而且排名榜上排榜尾，第四。依次是健康、家庭、工作、寫作。理由是：沒有好的體魄，甚麼都幹不成，萬事皆休；沒有家庭的支持，我缺乏了重要動力；沒有正職，生活沒有來源，餓死難道還可以敲鍵嗎？所謂「生存、溫飽，才談得上發展」，我們七十年代移居香港的人，體會尤其深刻。最後才談得上寫作這個興趣。

說到寫作，也無法不談到筆名。七十年代初開始正式發表作品，想不出甚麼特別的筆

名，一時「靈感」來到，即從我的名字和夫人的名字各取中間一個字，組成「東瑞」的筆名，這一筆名就一直沿用了四十幾年。雖然期間還用了不少其他筆名，但以「東瑞」最廣為人知。有很多人不知道我的真名黃東濤，只知道我的筆名（也以為是真名），這也難怪，寄掛號郵件給我，寫了東瑞，結果在郵局領取時需要費一番口舌，要帶住址證明、真姓名證明、名片等等，非常麻煩。於是有好意的朋友，想當然地為我的筆名加了姓「黃」，變成「黃東瑞」，令我啼笑皆非，不過也很理解，朋友想到沒有人姓「東」嘛！其實，筆名姓甚麼的都有，叫甚麼的都有，像寫帝王系列的二月河，他的原名叫凌解放，「二月河」，三個字無法拆開，應該沒人姓「二」吧？一般人不會多餘地加他的姓，稱呼他「凌二月河」吧！當然，他那麼著名，不像東瑞如此默默無聞。

說完這些，大概一些朋友很想瞭解我的寫作生活，是不是從早寫到晚？當然不是。既然是業餘的興趣，每天還要處理不少事情，要做做家務，陪陪孫女，打打微信，寄寄書，散散步，等等，不可能像諾貝爾文學獎獲得者莫言，他曾經在一篇創作談裏談到他寫幾部長篇的情形，平均每天寫九到十個鐘頭，我覺得那已經非常驚人了。

我的寫作生活，每天的流水帳大致如下：

我每天抽得出的敲鍵時間大約一到兩小時，也用一到兩小時用於閱讀。如果公司有業務需要處理，那就得優先，寫作計畫就被打亂。早期文章寫得非常趕，常常一氣呵成；近兩年涉及一些歷史的，需要查閱資料，不得有誤，於是寫寫停停，就沒那麼快了。二零一六年寫十一萬的長篇小說《風雨甲政第》參賽，二零一七年寫十一萬字的長篇小說《落番長歌》參賽，雖然幾乎是全力以赴，每天最多也只是花三四個鐘頭，早晨五時多就自然醒，弄了兩人早餐後就開始敲鍵，停停寫寫，一直慢慢敲鍵敲到約十一點，這一段時段腦子最清醒，也最好使。短文最快，大概分兩三個時段完成。兩千字的散文就分好多次才寫好，寫好還要將字體放大到150，慢慢修改。最難的是小小說，非常難產，從構思到完成，頗花一些時日。畢竟從構思到文字，都要講究一番，經得起時間和文學素質的考驗。寫稿不時有思路堵塞的時候，我學會了腦力和體力勞動的結合，會抓起拖把，把書房拖一遍，這似乎也象徵一種「清除阻礙和垃圾」的創作臨時治療舉動吧？

如果遇到公司的書再版重印或新書印好，印刷廠送貨，或發行商取貨、學校訂書出貨，預約了時間，那就要提早到寫字樓等待進出貨。有時他們時間不准，拖了一個多小時。為了不致浪費時間，我帶備手機和插蘇，以便手機充電。用手機寫稿、看文章，回復博友，將旮旯時間塞滿。

中午十二時半到兩點吃中飯，有一半的情況我們倆會到外面吃。我們黃埔花園各類餐廳、茶樓、食肆至少五十家，特別多，不愁沒有美食。晚上吃得比較簡單，喜歡清湯簡餐。

吃過午餐，回到家兩三點了，沖咖啡、榨橙汁，接着續打未完成的文章，約是四點左右，瞌睡蟲如黑壓壓的飛機軍團大舉向我進攻，我就小睡或休息一會，一般是半小時到一小時。大約五點到六點多，我會下樓到海邊大道做步行運動，接着接瑞芬的班，用小推車帶小孫女出去玩。晚上一般是休息，除非白天寫稿時間都被工作或應酬、活動都擠掉了，會替文友看看文章，也可能續寫還沒寫完的文章，不過，時間都不會太長。晚餐後，會坐在沙發上與瑞芬商量旅行大計、對近日一些人事發表或交換一些看法。有時安排洗衣機洗髒衣服、收迭晾乾的衣服，也都在這個時候。

回想七十年代到九十年代，寫稿除了興趣，還有謀取稿費的目的，近二十幾年來生活安定，已經從「無奈地寫」轉身為「自由寫作」，只寫自己想寫的。寫作上如此，近三十年來，工作也如此，做自己的工作，不必看誰的臉色，那是最大的自由和滿足。瑞芬奉行「知足常樂」，我奉行「隨遇而安」。每一年我們至少有一次長途旅遊。好友思梅老師說，你們以前是「虎山行」，現在是「虎山行，天涯遊」，何等快哉！

最長的長篇已經在計畫中，但還沒開始，我深信遠洋郵輪一定會啟航，乘風破浪，奔向最美的文學夢海。

到金門領獎

從香港到金門領獎，舟車勞頓、路途遙遠，只為了一個許諾。還在「第十三屆浯島文學獎」十二月揭曉的四個月前，我對瑞芬說，金門這個獎很難拿，得安慰獎我們也去金門領獎吧！我都不怕醜，我們順便去散心度假吧！

實際上這個「浯島文學獎」沒有甚麼「安慰獎」，比賽只分散文組和長篇小說組兩組。長篇小說組設首獎一個，優等獎兩個。在寫作路上不斷地寫、寫、寫，我出書出了百餘種，做過香港和海內外文學評審百餘次，大多數同輩的文友早就不參加甚麼比賽了，怕有損身份，而且無法面對落選。我是被金門一位資深作家、鄉親鼓勵，大膽嘗試參加。第十三屆的

「浯島文學獎」的首獎獎金高達五十萬台幣（十三屆以前只有三萬台幣）、優等獎也有二十萬台幣獎金。獎金高，這還不是太主要的參賽原因。主要是，我金門有間近百年的著名祖屋「甲政第」在二零零六年夷為平地，曾經轟動金門，可以以它為素材，在長篇小說裏「重建」起來。

這很有意義，工程也浩大。即使沒有獎金，而能結集成書，那也是好的。反正寫好，我就算多了一部文學作品。參賽長篇要求十萬字或以上，這是給我一次練筆的機會，也可以算是一種有意寫「百萬字三部曲」的熱身操練。

好久沒有寫長篇了，一旦着筆（敲鍵），才知道不容易。小說定下以我們的祖屋為主角，但近乎一百年的歷史，留下來的資料實在很少，我不可能寫一部經過調查、事事有據的報告文學，只能是虛構和想像佔吃重成份的歷史小說。以祖屋的建立到消失為線索，帶起華人的落番、海外的拼搏，那是很有意義的。我把內容大意寫出來，也作為目標：「長篇《風雨甲政第》以『學者眼中的建築經典作品』、金門百年老宅「甲政第」的興衰滄桑為中心，書寫了以傑出僑領黃誠禎為代表的華人飄泊的悲歡，雖然只有十一萬餘字，然開支散葉，情牽三代，描述了下番客在異邦他鄉的鄉親、愛情、親情、生活和拼搏，更涉及了百年中國的苦難連綿與兩岸半世紀來對峙守望的悲情，場面博大、生活氣息濃郁，人物鮮活、文學筆觸如行雲流水，富有金門故園鄉土和南洋婆羅洲異鄉色彩。極具象徵性和代表性的甲政第從興建到歷經風風雨雨而消逝于地平線上，也反映了華人「落番」「出洋」的辛酸無奈的一頁歷史，餘韻嫋嫋，發人深省。小說採取了寫實與虛構、紀實與想像、意識流動與象徵、敍述與描寫、金門與印尼兩地情景交錯、細節與大事編年互補、電影畫面嫁接等等多種技巧手法推展情節，乃作者的一次創作新嘗試。」我從二零一六年二月底開始寫，一直寫到六月中到北歐俄國旅遊為止。我改了一次，十月二日我就將十一萬字的長篇寄到金門縣文化局了。

從七十年代初開始爬格子，就不斷參賽，大大小小的文學獎拿過十八次，大部分看得開、放得下，稿件寄出去後，也就不當一回事了。得不得都沒關係，就當很認真地寫了一篇文章吧。唯一例外的等待是一九九一那次和這一次，一九九一年那次我寫了篇四千字的散文《山魂》去參加香港中文文學創作獎（代表香港最高水準的比賽）的大賽，寫中我就志在必得，心中在吶喊「我一定要拿冠軍」，當時我被機構以莫須有罪名炒魷魚，心情跌入低谷，我要給自己一點鼓勵，證明自己還不至於是廢物。我幾乎天天等啊等，真的等到了揭曉，而且真的如願，真的奪得了冠軍。領獎當日，評判之一陳耀南教授告訴我，你的散文《山魂》我們五個評審都沒有爭議給了冠軍。這一次的「浯島文學獎」我也一直在等十二月的揭曉消息。緊張的原因沒人想到是出於我的自卑心理，我只參加過香港、中國大陸的文學賽事，臺灣金門我是首次。金門才子才女多，臺灣文學水準不遜色於中國大陸。能獲那怕優等獎，對我也是一種認同和肯定，那就是中國大陸、港、台我都拿過獎了，這確實比獎金還重要。

十二月一日，已經有朋友在微信將傳聞隱約透露，接着文化局黃副局長也打電話正式告知瑞芬，由瑞芬轉告我獲獎，十二月二日，《金門日報》正式公佈了長篇小說頭獎懸空（從缺），優等獎由我和另一位參賽者獲得。這個結果我感到很意外。我只是獲優等獎已經很滿足了，畢竟臺灣和金門島的文學水準很高。頭獎從缺，阿Q地說，那是某種意義的雙冠軍之一了。

頒獎儀式在十二月十七日舉行，我很早寫好了獲獎感言。我們十五日飛經廈門再搭小輪到金門，住在法蘭克民宿。十七日上午金門縣文化局黃副局長開車來接我們到文化局。頒獎儀式在大堂舉行，認識了也獲得優等獎的周志強。評審吳均堯等評審從臺北趕來。從新聞報導我才知道，初審和終審總共六個人，都是臺灣著名教授和作家，長篇競爭激烈，並不存在對海外參賽者「照顧」或「要求降低」的情形，我心裏更加舒服一些了。金門文友來道賀的很多，儀式簡單隆重。先是好大一張

獎金支票二十萬，由副縣長吳成典頒發給我，接着是獎座，最後是獎狀，功夫做得很足，體現了舉辦者對得獎者的尊重。接着就讓我念讀得獎感言了。很喜歡那種有得獎者頭像的海報，結束後主辦者還送我們做紀念。

我留意評審的意見，有肯定也有批評：「這是一篇家族史，一部歷史小說，如作者所說，把學者眼中的建築作品、金門百年老宅「甲政第」的興衰滄桑具體呈現。結構完整，文筆老練，雖是以傳統表現手法平鋪直述，且有小說的深入刻劃與跌宕描寫，引人入勝。可惜為兼顧格局，對於子弟部分延續太多，模糊了焦點，同時幾位主角人物過於完美，也減損可信度。」這意見很重要，可以供我寫下一步長篇時做參考。

由於那幾天氣溫只有七八度，我麻痹大意，穿得太少，拉肚子拉了多次，直至十九號到廈門度假三天，才又生龍活虎起來。

金門是我祖籍的故鄉，到金門領獎真是令人難忘的、富有意義的一次經歷。

二零一七年一月二十日初稿，四月十四日修訂

旅途中，突然娶了個苗家女

——與鳳凰共舞

瑞芬好美，好似與鳳凰共舞，思梅老師說。

「冠帶酷似苗家女，笑容綻開腮上窩。」雷老師形容瑞芬。

一個漢族男娶了個苗族女，異族通婚啊！校友、師姐曼瑛說。

漢族男娶了苗族女子，應該是苗族美女，忍不住地樂呵！許秀傑老師說

「鳳凰美，瑞芬老師的笑容更美！」星星知我心老師說。

「瑞芬穿少數民族服飾成閃光點，美極了！」馮兒說。

最後是玉平說，東瑞娶了美麗的苗家女瑞芬，好幸福呀！送一枝金筆作為給您們的結婚禮！嘻嘻！

那一天是四月二十三日，旅途中的第三日上午，我們來到了人頭湧湧的鳳凰城。古街，都是人，地標廣場，有一隻振翅欲飛的黑色鐵鑄鳳凰，周圍、也是一撥一撥的人在拍照，連群體照都無法在背景乾淨的情況下照成。團友們拍單人照、夫妻照，你拍我，我拍你，唱歌、看風景，一些婦女四處走動，手上拿着苗族鳳冠，臂彎處掛着苗家服飾，招徠着出租拍照——「才十元！」

瑞芬看得傻了。悄悄地對我說：「我想。」我還沒來得及思考和回應，已經看到華大校友、這一次我們湖南行團隊的總管林玉珍在鐵鳳凰地標附近擺出各種甫士任人拍照了。那出租服裝的婦女在拍攝，團友們也拍攝。瑞芬說，還有組長詹道泉的夫人國星也穿苗族服裝在拍照。

想想前幾年，在冬季零度，我們旅遊到鎮江、不見遊客身影的金山寺附近，瑞芬看到一個出租白娘娘服飾的女小販，枯坐在天寒地凍的露天空地上沒人光顧，一時憐憫之心頓起，也租用了她的道具讓我拍照。那時四周沒人，可見瑞芬喜歡玩，絕不是虛榮心或喜歡成為眾人焦點，必然又是那「事事好奇，物物有趣」的天性流露。她也喜歡光顧各類賣小玩意、小手飾的小販，還與她們拍照。

我猶豫着說，時間會不會很久，害得團友等？我看看婦女手上的苗族衣服，又看看瑞芬身上的衣服，我知道有時候女性不同於男性，雖然生理構造比男的少了一些東西，也多了一些東西，如廁是如此，換衣服也比較麻煩，花不少時間。

瑞芬說，就在這裏套上去，根本不需要到任何地方脫下再換上，拍攝好再脫下就是了。那妳喜歡就拍吧。在團裏，瑞芬喜歡幫助人、關心人，也愛替那些不擅長拍照或拍得較少的團友拍照，成了很受歡迎的人物。

一旦化身為苗族女，十幾部手機、照相機就將她團團圍住，對準了她。那個出租苗族服裝的婦女，也沒有阻止那麼多人拍攝。瑞芬的笑容與生俱來，童年的她就多次上臺唱歌跳舞，不需要誰指揮，她就把動作先後做了十幾款，有的還配合了道具斗笠和籮筐，增加了生活氣息和真實度，「害」得我的相機也特別忙碌，她單人的、與林玉珍、攝影家米糕粄的夫人林綿治合拍的，一連拍攝了十幾張。

也許覺得自己拍攝沒太大意思，瑞芬突然招呼我與她合拍幾張。我尷尬住，那麼多人，醜男哪有甚麼好拍啊，但時間緊迫，容不得

我推辭，手上的照相機已經被團友取去準備為我們拍了。這一天那麼巧？我穿的外套恰恰是西裝，於是那種被團友、校友形容為「漢族男娶了苗族女」的「歷史性」照片在偶然間形成了。回港，放在電腦和在微信裏發放給朋友看，以為「異族通婚」，還問東濤（東瑞真名）為甚麼沒有穿苗族的男裝？讀了呵呵笑個前俯後仰！

想想，瑞芬笑口常開，乃是心境樂觀在臉上的反映和流露。她的喜愛嗜好很多，主要的卻很少，喜歡時裝、買衣服，我尊重且支持她。在旅途中，我拍攝她；在試衣室前試新衣，我評分。平時的她，面敷薄粉，雙眉淡掃，真人和淡妝後的她相差很微。她也知道我恐懼于與一張整容過甚的假臉並躺。裝扮自己時間金錢花得最少。本文開頭讚美她的七位朋友中，就有五位與她見過面。其他興趣，瑞芬喜歡甚麼，從不猶豫。

試做一次苗族女，她在鳳凰城愉快地瘋玩了一回，也是一次小滿足小快樂吧。

二零一六年四月二十三日遊覽鳳凰城，二零一六年五月十一日初稿

二零一六年五月十一日 初稿

牽手

青蔥的歲月，已經離我們遠去；從我們的下一代（子女）望前方的視角，父母的背影漸行漸遠，像兩輪疲勞的橙紅色太陽，緩緩徐徐地沉下海山。

拼搏的日子，也已經隨着日曆一頁頁地飄落而流逝，只能在電影的倒敘鏡頭一一掠過，往事只能回味。樂觀者，還可以此情不悔地與往事乾杯，乾杯。

孑然獨行，形影相弔，未免慘情，如果有條件，有可能，有福氣，我們何妨「執子之手，與子偕老」？增加多少人生的絲絲溫暖。

縱然是長達五十年、六十年、七十年，在人類的歷史長河裏，也不過是一瞬間而已，在

世，能夠「執子中手，與子偕老」的幸運兒不多啊。

年輕時候，我們攜手虎山行，當年，思梅老師讀了《虎山行》那本書，對我們說，你們現在是「行虎山　走天涯」了！是的，當年前路荊棘滿佈，需要借力相扶持，才能闖過無數景陽崗；而今，結伴還鄉，牽手走天涯。

年輕時候，我們相望相擁：年長歲月，我們相牽相助。

牽手，我的理解就是「執子之手，與子偕老」——《詩經》的《擊鼓》篇的整句原文是「死生契闊，與子成説。執子之手，與子偕老。」就是不論生死離合，我們都牽手，一起慢慢變老的意思。好美的願望，好美的意境，多時，我們已經忘記了美好的人，其實就是牽手相愛的。但如今許多人將牽手只當作精神上的意念，而忘了或早就廢棄了這美好的行動，只當作一種愛情的意象和象徵。

在夫婦的稱呼中有許多俗稱，如老公老婆、倆口子、老伴、另一半、伉儷、夫妻、內子外子、愛人、我男人，我女人，廣東稱老婆為「煮飯婆」，閩南和一些地方更有將老公叫着「死鬼」「老不死的」，將老婆叫着「我屋裏的」，最美的就是「我那牽手的」。

古時候，男女牽手是大事，這個保守的思想觀念一直影響到今天。西方開放早，在紳士們抓起淑女的手來親、表示禮貌的時候，我們的古國還封閉嚴密，講的是男女授受不親，女性的手萬一被男的摸一下，那還得了？那彷彿就是一軀鮮活的女性肉體被玷污了似的，女子馬上降值為二手貨了。說來也很奇怪，世界性的普遍禮貌，擁抱、握手、觸臉、吻額等等，都不會有甚麼大顧忌，唯是不可用手指在異性的掌心裏騷癢，那是嚴重的性暗示；女性的手掌放在檯面，男的更不可輕易用手掌覆蓋上去，以手覆蓋手，那是更大膽露骨的暗示，比某些親暱的挑逗動作還嚴重。我不知道在公共場合為甚麼男女牽手的那麼少，是受這些傳統的觀念影響，還是婚姻多時處於危機狀態，或者是羞澀於這被認為過於純真的、親暱的甚至有點「孩子氣」其實很美的舉動？

翻抄我和她的那些舊照片，摟得親密的很多，牽手的居然也那麼少。

在同行婚姻長路，牽手是愛，是美，其實也是一種需要。

或者因為拼搏了大半生，如今雙腿勞累而不良於行了，牽手，就是給力，鼓勵他走下去；或者是前方有千花萬果，有稀世美食、有玉液瓊漿，值得一起觀賞嘗試，那就一起去，牽手，就是有苦同擔，有福同享的意思：或者是長途跋涉，路上有太多的坑坑窪窪、凹凸不平，牽手，就是有助於甩掉所有的瓶瓶罐罐，平衡身體，預防跌倒；或者是過馬路時，有鑒於市虎就在街的當央埋伏，虎視眈眈，張開血盆大口，隨時將不慎的你吞噬，牽手，就是為你化解意外的危險於無形；或者是人生只是單程路，買不到來回票，因此分外珍惜在世的日子，於是，牽手瀟灑走一回，牽手，就是一種深刻的關愛，珍惜一生只有一回的情緣。

牽手，在月明星稀、聲音絕滅的千山萬壑之間的陡斜小徑中；
牽手，在驚濤駭浪一浪高過一浪的大海上動盪飄泊的小舟裏；
牽手，在石屎森林、玻璃幕牆構築的現代化大城市的大街上；
男女牽手，該是前世訂下的情緣？
有緣就來牽手，一直到天老地荒吧。

事事好奇，物物有趣

喜歡走走看看，喜歡自由，對事事好奇、物物有趣，心兒善良，心底寬容，就是我和瑞芬的共同性格。

儘管一動一靜，我晨起，瑞芬說，她在晨夢中常常聽到我在廚房沖咖啡時湯匙撞擊瓷杯的當當當的清脆聲音，要不就是在書房很大力地敲鍵打字的聲音，除此之外，屋內一片安靜；我說，妳晨起就大不同，屋內馬上熱鬧，打破寧靜，昨晚的夢啦，突然想起的事啦，人生的大感悟啦，今天要辦的事啦……都會爆發幾句，而且還編成古裏古怪的印、閩、粵、國三語大混合的歌又嚷又唱，剎間屋子如陽光照瀉，屋子充滿了人氣。這是最大的不同之處。

但在本質上有很多的相同：比如我們都喜歡拍照。她用手機拍，我用數碼機拍。她常常乖乖地聽我調遣，拍好，我給她看：你看，一流。她也會把她手機的畫面給我看，得意地說，我的更好！有時我不斷給她拍，自己沒有，我會歎一口說，反正我醜，人家不愛看，就給你拍多一點吧！

旅遊的時候，遇到一些特色商店，我們都會好奇地進去看看。結果都會有所發現，做成交易。我們在臺北、泗水都買了一些在香港買不到的特色掛鐘。有時，一些被冷落的小店，瑞芬一進去，背後都會吸引一大批團友或其他遊客跟着進去，樂得老闆笑呵呵。

瑞芬在旅途中被大街小巷的一些小攤吸引，看看摸摸的，小耳環、胸口針、各種手鏈……有一次，見到一種螢光穿線小石、可以刻繪名字，她就和攤主交談很久，慢慢地磨，討價還價一番，人家給她固然歡天喜地，人家不給，她也會大發慈悲，對我悄悄地說，很便宜了，他們賺這個也不容易，於是成交。瑞芬買小玩意時，也會給兒女、朋友買送一份。

林子容老師、許老師、馮兒、豫蘭老師、小屏、車老師、曉薇等都對瑞芬大有好評，思梅老師曾寫了一篇《只有美好的人才會相愛》，其中有一段對瑞芬的描述用「好看」「好玩」「好吃」概括，可謂生動傳神。在西歐旅遊，她對外國人很友善，拍了多張合影，我都擔任攝影師；有次在義大利一家餐廳外，我在為她拍，不意一個帥哥走過來，嘴巴湊近她的臉，做出要吻她的樣子，笑着離開了，沒有惡意。

二零零九年八月，我們倆與香港教育學院徵文勝出者到臺灣旅行，一起和可以當我們兒女的大學生玩各種歷奇遊戲；二零一零年十二月，我們去印尼美麗的詩路妮酒店，連兒女媳婿一行六人，玩得很瘋，瑞芬帶頭做最大頑童；同年底去峇厘島，她敢於把蟒蛇盤在脖子上、將蜥蜴捧在手上讓我拍照；在檳城的蝴蝶園，我倆被美麗的數不清的蝴蝶吸引，追蹤狂拍，她用手機，我用相機，最後兩人走失了。遇到模擬真人的木板模特兒，我們會把臉放進臉孔窟窿裏，多拍幾張。在韓國濟州島、泰國清邁的３Ｄ館，我們張張好奇，畫畫有趣，童心大發，處處喜歡，一一去試３Ｄ效果。自從帶了相機的自動三腳架，我們都會玩自拍，解決照相總是陰盛陽衰、二總缺一的遺憾。好幾次我們自己拍自己的照片都會情不自禁地大笑起來。

我們走過服裝店，看到櫥窗裏按照我審美觀認為漂亮的時裝，我都會童心大發，想想錢收來做甚麼呢？我喊住她，對她說這一件不錯！她相信我的眼光，往往也大有同感，馬上進服裝店。一進去就猛試衣服，十有八九老闆娘或女店員，都會說，你穿甚麼都好看，天生的衣架。我也在一旁大力鼓勵她，看着三番五次從試衣室出來的她，她一邊照鏡子，一邊問，怎樣？我說，好看，好看，多買幾件吧。

公婆倆互相影響，慢慢的我們就變成了一對忘記年齡的活寶了。

單車暢遊美麗故園

——久違了的歲月

觀東濤瑞芬單車遊

•雷澤風

奬罷故園已是冬，單車遊樂暖融融。
金門灘外雙飛燕，振翅飛揚甲政風。

這是中國山東荷澤著名詩人雷澤風觀賞我和瑞芬單車照特地在微信撰寫發表的詩詞，特錄於此，以感恩他對我們的盛情厚誼。

沒想到今年八月剛剛揮手作別金門，衣染的金門草木香氣還未散盡，僅僅三個月時間，我們又攜手來到故園領獎。

八月的小遊記《金門的慢漫時光》剛剛上場，十一月新的暢想曲《單車暢遊美麗故園》又在醞釀。

上一次來到，我們已經有騎單車的計畫，無奈行程密密排下，最後沒有圓夢，這一次一路貼身陪伴的僑辦企劃秘書小侯（侯日權）心領神會、善解人意，在我們逗留金門的最後一天上午，戴我們到金門的後湖海濱公園。十一月二十九日上午，算是初冬天氣，海濱一望無際的雪白晴沙，渺無人影，遠處的海浪偃旗息鼓，整個天地靜悄悄的，實在教人難於置信。

喜歡這種靜，喜歡天地空曠的感覺，彷佛是上蒼的饋贈，讓我們放飛心情，幻想的靈思完全沒有堵塞，快樂的心情在雲天裏飛舞，似乎年輕的時光又全被喚回來了，久違了的單車歲月，不要說一去不復返，此時此刻，不是在讓我們慢慢領略浯島的悠遊假期麼。剎那間，我還幻想着大家彼此都有默契，來金門，就該像今天這樣，不必要一齊湧來，能輪批最好，人擠人有甚麼好玩？看過視頻，假日裏山東的泰山人多如密密麻麻的螞蟻，鼓浪嶼渡輪遊客擠到有沉船之慮，多麼掃興？多麼教人恐懼？

而金門就長期保持這樣可貴的靜謐安好，而且沒有一處景點需要收門票，還有許多施設供您免費使用。像這後湖海濱公園的騎單車，前四個鐘頭租金就全免，超過的時間才象徵性地收費，實在太棒了。

小侯在租車小亭開鎖，一借就是四輛。

單車道鋪設得非常好，近沙灘處有較短的漆黑的木板道，呈現環形，而沿着大海、沙灘的花崗石板道也非常好走，鋪設得很長，可以並行三輛單車，最美的一條車道，還是鋪上了柏油的小馬路，非常平坦舒服，單車可以在加速時放鬆、放飛，任由單車自由滑行。這一條最美，兩邊是綠茸茸的草坪，路邊還植滿了樹木，擋風遮陽，微風輕撫，身心輕鬆，不知今夕是何年，還以為自己處在風華歲月，誰會想到我們有一天會千里迢迢從香港飛來故園金門島領文學獎，還有閒暇騎單車重溫舊時騎單車情味。我們騎了好幾個來回，像繁華城市逃出的飛鳥。

有許多人住在大陸大小城鎮，每天還騎單車上下班、辦事，問題香港是現代化大城市，交通四通八達，單車已經不太合適與各種車子爭道了，除非到新界。金門確實整個島嶼都可以任你馳騁，旅遊單張上就設有單車遊，大受年輕人歡迎。

我曾在印尼雅加達騎單車上學；也曾在閩南的國立華僑騎單車到古城泉州遊覽，在北國合肥的大雪夜裏騎單車探望她，午夜離去時將單車高舉過頭，翻牆踩回自己的宿舍……都逝去了，都逝去了，那些年少時候所有的荒唐和瘋狂如今都變成了一種親切的懷念，邊騎變重溫。

第一次在故園騎單車，感覺真好，陽光暖暖，海風輕輕，人忘了年齡，不忍離去。我們叫小侯拍攝視頻，我也擔當了導演，設計和構圖了好幾張照片，讓小侯和國基拍攝，小侯有天份，也為我們拍了不少張牽手照。

金門，我們還要來，單車，騎長一點時間，深度感受金門島的自由放飛，享受故園的靜好時光，親嘗做幾天世外桃源裏的黃淵明和蔡淵明的滋味，受益一生，不斷產生無窮的正能量。

大麻哈魚情意結

大麻哈魚日夜兼程，不辭勞苦，長途跋涉，不斷前進，以每晝夜三十——三十五公里的速度，穿越浩瀚的海洋準確回到出生地產卵，牠如何萬里迢迢準確洄游到目的地，迄今還是一個謎。——網絡資料

「家」這個字，只有十劃，太容易書寫，但許多人一生尋尋覓覓，未必尋覓得到；這個「家」字，未必就是甜蜜溫馨的同義詞，有時也充滿了滄桑感、噓唏和無奈。這個「家」字的內涵，至少也有八、九種不同的理解和詮釋吧？

第一次做迷失的大麻哈魚是回到出生地。

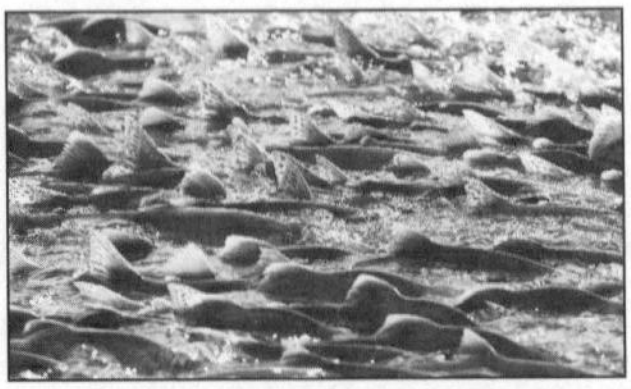

在闊別婆羅洲（今稱加里曼丹島）東部的三馬林達市——我和芬共同的出生地快三十年後，八十年代，我們帶着四歲的兒子，從香港萬里迢迢地飛越印度尼西亞爪哇島東部的第二大城市泗水，再從泗水搭飛機前往東加的石油城麻里巴板，復由親友駕車送我們到故園去。萬里奔波，空陸輾轉，風雨兼程，勞累不堪。當時，從麻埠到達埠的路不好走，一路都是坑坑窪窪凹凸不平，一路的泥石堵塞，滿目的破敗蒼涼，汽車不斷地顛簸跳躍，我一顆心不安而憂傷。在酷熱的天氣下，小兒子的一張小臉，兩頰通紅，鼻樑沁出點點滴滴的汗珠，在熟睡中。兩三個小時的路程，車窗兩邊最後還是出現了那綠得憂鬱的、看不到盡頭的、密密麻麻、連綿不斷的森林，也將我的思緒拉得如同拉不盡的絲綢那麼綿長。少小離家老大回，可是，當年跟着母親到首都椰城（雅加達）找父親的我，離開出生地時只有七、八歲，對出生地的印象完全淡忘了，縱然我記得故鄉的模樣，故鄉又怎麼可能記得我這樣的小巴拉子呢？離埠飄泊的人是這樣的多。我又怎麼可能希望一些無親無故的人記得我是誰呢？

在出生地度過的日子，如此的不真實和踏實，闊別得太久，一切恍如隔世；再說近乎三十年，小城的變化也太大了。長輩們多半已經離世，舊時屋宇多已拆除，舊時面目蕩然無存。縱然站在住過的老屋前，也已經嗅聞不到兒時舊家的絲毫氣味。芬的同學駕車帶我們逛小城，駛經舊時住過的屋址，已然拆除重建、換了新主，不留絲毫那年的痕跡，那裏還有童年時光的屋影瓦聲、那冥冥中的呼喚？街坊巷里、左鄰右舍走過來，不認識我這個小子，可是對十一叔（我父親）的精湛籃球技術，卻依然如數家珍，有聲有色地說得出他當年打球的種種軼事、如何叱吒大半個籃球場……夜裏躺在床上，彷佛聽到馬哈甘河水潺潺有聲，童年的河又如同思緒之流，把我帶到悠遠的歲月裏去。白天我們乘船到上游的皇宮，想起了父母抱着襁褓中的我逃難到原始森林的艱難日子，那是日本投降的一九四五年，盟軍飛機對垂死掙扎的日寇進行了密集的轟炸，我們一家大小就與小鎮的市民一樣，逃到深山老林達雅族居住的地方避難。和平後，我們回到了靜靜的小城，那時，我們的那個木頭建築的家很簡陋，但有二樓，我還記得，我們的左鄰是靠烤麵包營生的，右舍是理髮店，我們的斜對面就是警察局和一個足球場。門前的小馬路基本上沒有汽車經過。我們常常到馬哈甘河邊看印尼小孩光着屁股在河水裏游泳戲玩，看大輪停泊，飛機降落。阿姨開自行車店，店屋連在一起，屋子前端建在陸地，後段建在河面上，以木柱支撐着。我小時候常到那裏玩。住了七、八年的舊居早就消逝在歲月的歷史塵煙中。我黯然神傷，不帶一點舊時的記憶碎片悄悄回港，做了一次迷失的大馬哈魚。聰明絕頂的大麻哈魚，經過千萬里穿越浩瀚的海洋準確無誤地回到了原出生地產卵。人，比大麻哈魚還不堪，大失所望而歸。回來幾年後，一直覺得那次回故地，像是做了一場隔世的夢。不知怎的，我竟中魔似的，寫了一篇叫《故地》的極短篇，描述一個在外飄泊很久的遊子，跟着旅行團旅行在地球上走了一大圈，最後鬼使神差地又回到了出生地，最後屍體漂浮在那條童年熟悉的河流上。我的意思是，人從哪裏來，最後還是要回到那裏去，就像那大麻哈魚。

第二次做迷失的大麻哈魚是回到少年讀書生活的城市。那是九十年代了。曾經，我們在那裏也有一個家啊！那是雅加達。

闊別椰城（雅加達）也有三十幾年光景。從童年的達埠過渡到少年的椰城。在椰城，我從小學三年級讀到初中三，從協和小學到巴城中學共讀了六年書。從金門千辛萬苦過番闖蕩南洋謀一條生路的父親，先從婆羅洲的東部小鎮來到這大城市，謀得一份寫字樓的文職、紮下根後，我們就分兩次舉家搬過去。我們最初住在一條Pateguan（打鐵館）的小巷裏，屋子很是簡陋，後來條件轉好，就搬到一個叫Krukut Pelbak的地區，那區域雜居着阿拉伯人和巴基斯坦人，有一個回教教堂。家居舊時是垃圾廢墟，清理後建了一些帶籬笆小院的屋子。我們在這裏至少住了三、四年吧。地方寬大很多了，前面兩間房，後面一字排開三間房。那時住宅一點兒也不貴，經濟狀況至多小康水平的父親為人熱血仗義，不但收養我一對家貧的堂兄姐為養子養女，視為己出，而且讓不少小島小城來雅加達這大城市求學的侄兒侄女和同鄉遠親在我們家裏食宿。這個家有「五角基」（閩南語：屋前的露天空地，外邊是籬笆小院），除了大哥早在一九五三年北歸深造外，家庭成員都在。記得在一盞昏黃的大吊燈下，橢圓的飯枱夜晚圍坐着吃飯的一家人，有父母兄姐，也有外地來的堂哥和小同鄉。可歎這樣的光景不到幾年，形勢突變，一九六零年我和一對兄姐搭船回國，還記得父母在椰城丹絨不綠碼頭與我們盈淚揮手告別。那幾天，母親見到飯桌冷清如此，吃不下飯，母親啊，從此沒有一個親子女侍奉於晨昏了，沒有人在她身邊說話了，那是為了愛的緣故啊。一九九六年我到椰城，朋友駕車問我要不要去老家附近逗一圈？我說，你別，別，父親已經長躺在納納斯墓園，母親已經搬到香港投靠兒女，家人早已失散。沒有父母親人的家算甚麼家，沒有親人氣味的家縱然修葺完好也不算家，換了陌生面孔主人的家更不是家，我害怕那種陌生和冷清，我怕觸及心靈的懷念，流出含血的淚和無盡的憂傷，眼不見為淨，婉謝朋友的好意了。只是沒有回到那個不知是拆掉了重建還是換了新主的老屋，我卻在「快樂世界」（雅加達六十年代非常熱鬧的娛樂場）舊地重遊，彷佛在一家冰室看到了父親和我對坐吃西瓜喝冷飲的情景，那一刻我的雙腿幾乎在舊冰室門口站成了一株樹，心兒發顫，眼眶發熱，久久無法邁步走動。我們也多次帶着僅僅幾歲的孩子，為在墓園安息的父親燒燒紙錢，在酷熱的天氣下，看那萬里晴空中黑蝴蝶的紛紛揚揚，感受着父親的永恆孤獨和寂寞，為普天下千千萬萬的出洋人的命運一灑共同的哀傷之淚。甚麼都沒有了，家人的團聚總是如同始終要散的筵席，唯有那個籬笆小院，構成了一幅長青亙綠的美麗圖畫，記憶不老，讓我寫下了文字裏的、屬於我的精神的《籬笆小院》。我這一隻大麻哈魚，這一次是近鄉情怯，快到居住舊地了，居然迅速折回，只怕情多累人，觸景傷神。

第三次，我和芬決心要做一次名副其實的大麻哈魚。大麻哈魚勇往直前的精神令人驚歎和讚歎不已，迷失和膽怯將會令自己後悔一輩子，何不做一回勇敢、目標明確的大麻哈魚？那是二零零四年，雖然敵對長達半個多世紀的海峽兩岸，還是沒有真正完全三通，尤其是從廈門島到金門島，搭船其實只需要半小時而已，可是居然因為人為的、政治的原因，導致我們從香港到金門我父母親祖籍故鄉，需要從香港乘飛機先到台北，再從台北飛金門島，這很滑天下之大稽，然而就是因為政治的原因，需要我們在地球上繞那樣費時費事費錢的一個小半圈。我們終於飛抵了幾十年來夢縈魂繞的父母的故鄉金門。父母的出生地金門，是我們名副其實的根，我們的本。雖然我們無法選擇我們的出生地，但尋根究底、慎終追遠，那是我們身為炎黃子孫的優良傳統；要我們在有生之年回故鄉一次，也是父母生前的遺願啊。荷蘭時代在印尼擔任僑務好官的黃成真的後人回來了！做金門古跡保育工作的鄉親背着照相機隨着我們走到我們父親的老家「甲政第」，想要採訪；幾位寫作人和做資料採集的老鄉很想為

「甲政第」與祖父黃成真寫傳記；當我們要離開金門島前幾小時，消息不知怎樣傳開，非常轟動，金門李炷烽縣長要接見黃成真的後人，一時間台灣好幾家大小報紙駐金門的記者都出動了，將金門縣政府會客室圍個水泄不通……次日，台灣好幾家報紙都報道了我們回金門老家的消息。幾位文采十足的金門才子還發揮超強的想像力，設計了一條金門文化旅遊地圖和線路，說這宣統二年就建築好的、歷史長達百年的「學者眼中的經典建築經典作品」「甲政第」，不可多得，是金門島的出色精彩文化景點，如果到時「甲政第」建築物內再展示黃氏家族兩位子孫——華僑作家黃東平、黃東濤（東瑞）堂兄弟的事蹟和著作樣本，那麼這無疑是增加了金門島的旅遊魅力……那以後幾年我沉浸在黃氏後代在金門島如此地被尊敬的喜悅和榮光當中，連夢裏也常常看到老家、那一棟那麼滄桑美麗的「甲政第」，那翹角的屋頂、雕花的門窗、堅固的磚瓦，精心的設計，那歷經風雨、戰火、更遞、家庭成員四散、出洋過番而始終不倒的偉影和魅力……長長的變遷和衰敗，雖然老了，只要愛惜修葺，石板的夾縫不難又長新綠，成為金門重要的保育古建築成功的範例。誰知道呢？父親、祖父的老家過了多年之後，竟然匪夷所思地、幾天而已就夷為平地，死在人為的貪念和商家的謀算中？如一陣妖風一夜之間颼走一棵參天大樹，不留一點痕跡，令人欲哭無淚。沒有了祖屋的蔭庇和思念依託，沒有了我長篇故事裏的一個重要象徵，歸來，我含淚寫下了《甲政地的悲情》作為

一首輓歌送別祖屋，也讓它永生在我的文字裏。

原來，還是大麻哈魚幸運，牠們成長幾年之後，一定要回到故鄉，還可以在那裏傳宗接代；我們的祖先最早構築的窩，最後竟然化為一場廢墟上的夢，黃家的十八位故人的靈位最後被移到金剛寺擺放，説得難聽就是無家可歸的遊魂。據説，大馬哈魚的大腦中有一種鐵質微粒，像指南針一樣，能夠幫助它們在大海中回到牠的誕生地，我一直在想，人啊，自懂事起，名稱叫「家」的鐵質微粒，就與生俱來牢牢地長在腦中裏，人人於是無法不做一次或多次的大麻哈魚啊。

大戰牛尾湯

二零一五年十二月十三日下午，臨我們離開雅加達只剩下兩天。對這個我少年時代讀過幾年書的城市、這個具有兩億「人口大國」印尼的心臟，不少文友在此生活工作的地方，我們雖然來過無數次，臨別前夕，還是不免有點依依不捨。文友夏蘭早就預定了時間，約了我們，還約了瑞勝和品伶，這天下午到剛剛落成才兩三年的名為Pacific place的商場隨便逛逛。

正值耶誕節前夕，商場一派熱鬧的、色彩繽紛的聖誕氣氛。艾菲爾鐵塔模型裝滿了聖誕燈飾，約有三四人高，豎立在商場底層大堂的中央，上面有小小的聖誕老人在往上攀爬，下面有鹿兒、雪人，一大群家長小孩、拍拖男女在拍照。我們也拍了幾張。隨便逛逛，不覺通

過電扶梯越走越高，漸漸地感到我們進入了一種抽象和現代感很強的設計和圖案世界中，看到了七彩燈光和水影的交相輝映，才驚覺這一家商場的某些設計頗為不俗。原來這上層都是一些設計和裝飾非常精緻的美食店、雪糕店，中間就辟有一個水池，淺藍色波光粼粼，一種藍色浪漫蕩漾開來；還有一列圓凳設置在水池邊，忽然想到了如果時光倒流，我們都年輕幾十歲的話，在這兒談情說愛也屬於最佳選擇了。當然，人不可以多，人一多那怕天堂那樣寬闊的地方也會叫人敗興而歸。再仔細環顧四周，還有一艘帆船作為大型裝飾，停泊在池邊，船內甲板上設立有座位。夏蘭買了雪糕請大家吃，我們就坐在船上，一邊吃，一邊談天，我們也請人拍了幾張照。

晚上，夏蘭帶我們在商場的一家叫「婆羅浮屠牛尾湯」（SOP BUNTUT BOROBUDUR）的餐廳吃晚餐。我們不知道將吃的甚麼，後來才知道這是雅加達最著名的牛尾湯餐廳，是HOTEL BOROBUDUR（婆羅浮屠酒店）最著名牛尾湯的分店。雖然我和瑞芬愛吃牛尾湯，卻從來沒有與夏蘭說過半句，不知她是怎樣知道的？或者，這一家的牛尾湯實在太出名了，不能不將我們當遠方的「稀客」來「見識」一下，大快朵頤。

一會兒，只見服務員端來一碗碗牛尾湯，其大，頓時嚇了我們一大跳！頓時，一股濃鬱的牛肉味，摻雜了特殊的印尼各種香料的混合香氣，撲向鼻端！我們深深吸了一口氣。到印尼至少也有幾十次了，在印尼各大城小鎮光顧印尼餐廳，次數也多得數不清，印尼菜肴的湯類多數是酸辣湯、SOTO湯和牛尾湯，但其大小多數是有一定規格的，不大不小的碗兒，共五六人一起享用，每個人舀個五六個湯匙也就可以見底了！當然，也有好此道者嫌眾人吃、每人分得幾匙羹太不過癮，單獨叫一碗。但即使叫那麼一碗，也小得那麼可憐，不夠滿足像我和瑞芬這樣的「大湯桶」。可惜我們一時雖然感到大為驚奇，卻對這超大碗忘記拍攝下來！最初捧來第一大碗，還以為是供六七人品嘗，直到送來了第二大碗、第三大碗……才知道一人一大碗，簡直不知所措，卻之不恭，也只好照單全收了。何況我們愛牛尾湯呢？「我們」是複數，至少是我和瑞芬兩人吧。自從我們幾十年前自嘲為孖公仔後，許多菜肴都成了共同愛好，如涼瓜、豆芽、豆腐、臭豆、韭菜、餃子……這些平民化的普通菜蔬，都很便宜，都是那麼地不起眼。只是牛尾湯與一般廉宜的印尼菜不同，它是有相當的身價的，主要是那牛尾不太便宜。平時一小碗牛尾湯，由於味道濃鬱鮮美，足以伴下一大盤白飯，何況那樣幾倍于平時小碗牛尾湯的大碗牛尾湯？趕緊囑咐飯不要那麼多，幸虧飯實也不多，對於控制飯量的我們來說，湯為主，飯為次，開始了「大戰牛尾湯」的激烈晚餐戰役。

那樣的超大碗，能否幹掉？望望，多少有些躊躇擔憂。

話說「牛尾湯」，韓國有，廣東也有，然不同的烹調法，不同的調味配料，煮出來的牛尾湯風味也會大異其趣。這兩個地方的牛尾湯我們都沒有嘗試過。習慣了印尼式的，也因為愛上了那種味道，對印尼牛尾湯「情有獨鐘」。形容其味道的鮮美香醇，也很難用甚麼去比喻，畢竟此湯在印尼歷史悠久，查查網上，主要的配料都是去專門店買回的調味包下湯。一般喜歡吃或擅于煮牛尾湯的家庭主婦，為了省事，也都買現成的調味包（估計調配多種香料，不易掌握，都流行現成的調味包成品）來下湯。

我們開始「大戰」那麼一大碗湯時，最初擔心喝不完，但因為味道實在鮮美，因此一點都不覺得辛苦。先擠壓幾滴檸檬（或青檸）汁入湯，令香醇的牛味、香味添加了稍許的酸味，其味更加美得不可勝收，才開始戰鬥和享受吧！很快，你就可以看見那一塊塊牛尾骨，像是周圍包住了一層松松滑滑的牛肉，稍微一咬，牛肉就脫落，掉進你的嘴中，確實是鬆軟有度，酥鬆舒爽。可見這牛尾熬得有相當火候，不然不可能如此嫩滑可口美味。我們欲罷不能，見到其他幾塊，猶如一圈圈厚實肉圈保住骨頭，單看已經心愛不已，捨不得馬上消滅，留在最後吧，讓眼睛先滿足。慢慢飽肚。湯內還見到黃色的馬鈴薯，橙色的蘿蔔，紅色的番茄，成塊狀在湯內浮沉，硬軟度也都恰到好處。湯是夠濃鬱溢香，更值得大讚的是少了平時浮在上面的油膩，無法不佩服廚師的技藝高超，做了足夠的功夫。品嘗第一口，滿頰生香，頓時欲罷不能！要是平時在家，那樣好吃的美味湯擺在眼前，早就不顧吃相，喝得絲絲有聲了，而在這時，儘管好味道，也不能不顧及儀態，一派慢條斯理的文雅模樣。以湯為主，那一小撮飯反而變成了陪襯。餐中，少不免對牛尾湯的製作程式感起興趣，請教在座的幾位。她們介紹的程式，其步驟歸結如下：先選購紅蘿蔔、洋蔥各一個，番茄、馬鈴薯各兩個，青蔥一條，牛尾半公斤，調味包一包、黑胡椒。首先，將所有食材洗乾淨，切塊。其次，將洋蔥片以奶油炒香，加入牛尾塊一起煎香，再加入蘿蔔、馬鈴薯、番茄一起炒香。第三，加入約一公斤的水煮沸，才放入一包牛尾湯的調味包，轉小火繼續煮約四十分鐘，加入黑胡椒，臨吃前加點青蔥末和滴些青檸汁或檸檬汁調味。說話間，由於美味，胃口大開，好快，一大碗湯也差不多見底了。沒想到最初擔心吃不完，最後竟就那樣「輕取」，順利地將它幹光。

當然，牛尾湯具有養血、補氣、強筋骨的作用，也有的人說壯腎、滋陰。煮得不好，非常油膩。平時我們不常吃，偶爾肚子開放日，就馬上解禁，自由一次。這一晚與足足五六個人份量的超級大腕牛尾湯大戰幾回合，沒想到大獲全勝。

夏蘭眉開眼笑，這是對她最好的回報和嘉獎啊。碗底朝天，總算對她有個好交代。

金達瑪妮度假

——峇厘之最北

印尼峇厘島又稱詩之島、神仙島、人間最後的一塊樂土，我們這是第六次來了。今年十月四日到十一日，前面三天我們按瑞芬的同學小陳的安排住在古達，後三天就往峇厘島的北部金達瑪妮去，住在他任經理的酒店，順道將峇厘的最北部的金達瑪妮區域遊覽一次。小陳代我們租了一部車，非常方便，只要時間足夠，要到哪就到哪！從古達到峇厘島的最北部，據說需要約兩至三個鐘頭，那一區就叫金達瑪妮，溫度較低，氣候寒冷。

金達瑪妮我們以前去過，蘇加諾總統在那裏的丹巴西冷高坡有個行宮，草坪很綠；高坡

下有個聖水池，常常有不少婦人在洗滌，池裏很多金鯉在游弋……但忘記那是多少年前的事了！這一次我們汽車開去的地方要遠得多，先是在高山裏盤旋，越爬越高，越轉越陡，一直沒有終點似的；車窗外，我們隱約看到遙遠的山底下有些屋宇村莊，但感覺上汽車轉來轉去就是轉了很久一直無法到達，這很自然地讓我們想到了峇厘的北部，果然很北啊！汽車轉啊轉的，兩邊車窗掠過的不是熱帶林木，就是危壁懸崖，急轉彎往往不是九十度而是一百八十度。開窗，冷風習習而入，果然很冷，一路上沒看到多少人家，也少見旅館酒店，不知道朋友小陳管理的酒店為甚麼會建立在這樣窮鄉僻壤的地方？

由於我們在中途午餐，汽車一直到下午約一時許才抵達。天色很陰沉，太陽軟弱無力，冷意襲人，酒店前的花卉倒開得很紅。真是度假避暑的好地方。小陳熟悉峇厘北部的景點，告知司機，因此我們只是休息了一會，就乘租來的車出遊了。先是參觀一家畫室，展銷的畫很多，很可以代表峇厘的畫風，大都是民生和民俗題材，集中了峇厘不少一流的畫家繪畫，有不少是工筆劃，筆觸精細，一幅就需要經年累月、多年才完成，售價也夠昂貴的，卻能代表峇厘繪畫的最高水準。最令人好感的是主管不但允許我們拍攝，還主動地替我們以畫作背景拍攝。約五時許，我們到了丹巴西冷聖水池，在那裏下了一場雨，景色變得清新清晰起來。

晚餐我們向路邊的印尼婦人攤檔買了炸雞包飯帶回來和小陳一起吃，他也準備了幾條煎好的湖邊魚佐飯，菜肴簡單但好吃。「餐桌」就是小陳另一個辦公枱，放置在他的辦公室兼睡房前的酒店門口一側。他的房間夠大，兩張好大的床並列，每張至少可以睡三個人，整個房間連地板可以鋪床褥墊的話，可以睡十二個人。由於這兩天有學校老師帶了一百多名學生在這兒度假靜修，所有房間爆滿，小陳無法陪我們遊覽，他還擔心酒店房間不夠安排，特地在附近的湖邊給我們預訂了一家原住民老闆經營的酒店房間，既然已經訂下，就非住不可。我們決定第三天才搬去住。第一晚我們就在酒店三樓其中一間房間住下，也是大到可以住上十幾人。

金達瑪妮的夜晚很冷，峇厘島其他地方正是炎夏三十度的炎炎夏日，這兒卻是十度至十五度左右。我們八時多入房，未到十時就睡了。金達瑪妮的夜晚，天色真黑啊。

第二天一早我們乘船到海中央看海豚，海豚的出沒沒有臺灣花蓮海上的多。回來在沙灘上瑞芬向印尼女小販買了不少珍珠首飾。接着我們又去最喜歡去的、百去不厭的伯都古湖。這裏有幾座水上寺廟很漂亮，草坪又非常綠，熱帶花卉開得燦爛熱烈。記得當年我們與兒子女兒兩家來此玩的時候，大家都玩得很瘋狂。自然，我們在此也想方設法拍攝了不少照片，不覺也呆了好長時間。

第三天我們只是參觀了峇厘民俗歷史村莊，這是第一次遊覽，感覺特別好。村莊四四方方的，很整齊也很有特色。峇厘人的住屋門面都有雕刻裝飾，紅磚灰石，不時有花樹探出頭來，要不然就擺有一些玫瑰茉莉花瓣在地上祭神，較講究的，屋宇前還有神像。屋宇前有不少峇厘婦女在招徠，原來幾乎百分之七十的住家，也都在屋裏營生。或者賣印尼飯，或者辟成咖啡室，賣些茶水。我們走進一家，庭院深深，情調濃郁，我們一直走到最深處的咖啡室，邊喝印尼茶邊吃番薯糕點，也休息了一會。

這一天為了搬到湖邊原住民經營的酒店住，我們回得比較早。

小陳送我們走到近湖邊的酒店，因只是住一個晚上，我們也只是帶一個簡單的旅行袋，裝些睡覺洗漱的衣物。原住民老闆帶我們上二樓房間，從走廊看出去，面向湖泊，對岸山脈雲霧繚繞，風景很美，而房間屋頂非常高尖，不是一般天花板或其他水泥，而是麻片一類搭成。

我們下到湖邊拍了照，靜悄悄的沒人，非常喜歡。

上午出遊，各個景點陽光普照，然這「峇厘島最北」卻是天陰陰的，又是風又是雨，刺骨寒意陣陣。我們順便在酒店樓下的湖邊拍照。對面一個大湖，大湖邊就是雲霧繚繞的山。沒有人影，整個宇宙是如此安靜。大約六時許，我們回到小陳管理的酒店，一起吃晚餐。湖邊魚真美味。餐後，我們又回到原住民經營的酒店，準備住一個晚上。當晚雨來了，風好大好冷！我們看到房間床的對牆濕漉漉的有雨水流下來，連地上的四方磚的縫隙都是水，老闆看到了，一會又找了一間他認為最好的，讓我們更換。

夜晚，四周太靜了，只有風在呼嘯，雨在吟唱。這個地方在詩之島最北部，是偏僻了一點，但景色又是那樣絕美，無懈可擊，要湖有湖，要山有山，要雲有雲，要花草有花草……大自然在此慷慨賜予你所需要的風雨陽光雲霧色彩，但太不方便了，許多日用品得驅車外求。就連這末好的風景，似乎也被不太擅於經營的人浪費了，真是可惜啊。

我們就在被地球的喧鬧遺忘的峇厘之北、一個湖邊度了寒冷的、寂靜的一晚。

不過，金達瑪妮的這三天假期還是很值得的，除了現代設施缺乏之外，這兒的美、靜，畢竟是你花相等的錢也未必可以在其他地方買得到的。

披一身蘭花香歸來

那天中午，差點就與她擦身而過。

「她」指的就是清邁梅薩山蘭花園。大家都按導遊的指引，趕往那藏在小林子裏的餐廳吃午餐。之前蘭花園只是被輕淡描寫介紹過，沒想到，在那條小徑，我們就走過了那個引人的蘭花園。在馬來西亞檳城，我們到過絕美的蝴蝶園，蘭花（尤其是蝴蝶蘭）凝駐在枝上或攀爬在攀爬物上時太像蝴蝶，因此還以為是成群的美麗的蝴蝶在棲息。仔細觀察，才大為驚訝，那是蘭花園裏爭豔奪麗的蘭花！

「我們快吃完飯，過來拍照！」

惦念着不易見到的、品種那麼多的蘭花，這一餐吃得匆匆沒味。一吃好，就趕快來到蘭花園。烈日當空，擋不住遊客們的愛蘭之心，人蘭相映輝。

蘭！誰不知道蘭的名貴？作為「梅、蘭、竹、菊」四大君子、中國十大名花之一，蘭，在中國文化中，地位不低，更不俗；中國人為女孩取名字，常常含一個蘭字。它在四大君子中象徵着高貴、賢慧，如「蕙心蘭質」比喻女子純潔善良的品質、「蘭摧玉折」形容賢人的離世。如此等等。在新加坡被當國花，又叫胡姬花，也是浙江省的省花。

在香港，過年過節，蘭花價格昂貴，一個盆栽，蘭花開得繁盛的話，賣個五百元到一千元港幣，幾支呢，也要兩百多元，但它可以耐活至少兩個月之久，不過那樣昂貴的價格，我們只能望蘭歎息，感到了「自卑」。更自卑的是見蘭花品種繁多，叫不出名字，像香港公園溫室植物館裏的蘭花，很美，就不知道其名；這一次在梅薩山蘭花園見到的蘭花，品種更繁多，姿容美豔，頗為誘人，與我們在香港見到的自又是另一種美麗。像是見到絕世美人而不知她姓啥名誰，又平添了一重自卑感！這兒的蘭花，多數屬於附生，攀緣或懸垂在架子的空間，它們被培植在瓶中，以便遊客購買攜帶。幾乎甚麼顏色都有，如粉紅、紅、藍、紫、黃，暗褐色等，有些花瓣上還有美麗的花紋或斑點，這些不同顏色的蘭花不規則地摻雜在一起，煞是好看。愛美之心，人皆有之，許多遊客都在其周圍或以它為背景拍照。

回到香港，梅薩山蘭花園裏的那些蘭花一直拂之不去。美得那麼不真實！查看一些資料，才知道其原產地在亞洲和南美洲最多，遍佈全世界，僅在中國就有一千個品種，而在世界上約有七百三十六屬和兩萬八千種以及十幾萬園藝家培養的交配種和變種。蘭花之所以品種那麼多，原因在於其對昆蟲授粉有着高度的適應性，正如一些母親，天生地極易受孕；它又分草本和藤本，地生、附生、腐生、石生都可以，真是粗生粗養的兒女，令人不可思議的是她出落得驚人美麗，花瓣有質感，生命力不短。更有不少品種，花朵大、顏色奇特，形狀造型特別，難怪被視為最好的觀賞花卉。常見的有蕙藍、蝴蝶蘭、春蘭、墨蘭、文心蘭、兜蘭、虎頭蘭等等。那麼過千萬的品種，不認識也不要緊了，只要悅目好看就好。

泰國雖然不是蘭花王國，但泰國人最常用的迎賓花朵就採用蘭花，有時還把真花鍍金鍍銀，插在小膠管中，上別針，別在遊客上衣上，可以耐上竟日不謝。梅薩山的蘭花園，培栽、展覽、出售蘭花，我們卻尋獵了美，捕捉了美，盛滿籃的色彩輝染思維，披一身蘭花香歸來，美不勝收。

美麗如夢，後花園

讀清邁、清萊的旅遊資料，有這麼一段介紹：「這是一座寧靜秀美的小城，按照泰國先北後南的發展規律，清萊的歷史比曼谷久遠得多。質樸的山地村落、浪漫的湄公河以及神秘的金三角共同構成了清萊的主要景致，而寧靜古樸、寥遠悠長就是清萊最恰當的形容詞。」（沒有署名）

我覺得最美，也最難忘的就是距離請萊約六十公里、一小時車程的「泰皇太后行宮和後花園」。它建在海拔一千多米高的DOI DUNG山頂上，佔地約兩萬平方米。所謂「皇太后」究竟是誰呢？她叫詩納卡琳（SRINAGARINDRA,1900.10.21~1995），就是泰國八世皇阿南塔和九世皇普密蓬的母親。她早寡，長子九歲即位，時當一九三五年她就成為皇太后了，沒想到阿南塔十七歲就遭刺殺；就由次子普密蓬即位迄今。詩納卡琳學的是護士，一生行善頗多，成立「志願醫生基金會」、「公主母親基金」，在前毒梟坤沙的武器庫的山頭建立起行宮後花園，她一九九一年患病，一九九四年病逝於曼谷，一九九二年兩萬平方米的行宮和後花園就開放給公眾參觀，收門票，為蓬勃清萊的旅遊業貢獻了力量，她還修學校，鼓勵民眾發展泰北經濟，平撫民心，深得民眾愛戴。

泰皇太后的後花園的確夠美，都在遊客意料之外，有種驚艷之感。恐怕在亞洲也很難找到可以和它媲美的，也難怪有人譽它為「泰國的瑞士花園」，獲頒「太平洋亞洲旅遊協會金獎」。我們進入行宮，需要脱掉鞋子，打赤腳或着襪子，由於出來是從另一個口，進口處看守的女子分派給每一位遊客一個裝鞋子用的透明膠袋，每個人以手抓着，以便走出來時直接可穿上。行宮是兩層的木式建築，外觀看起來一派古樸的木顏色，屋頂尖角保持泰國民族風格，但內裏的設計就非常歐美，這也難怪，詩納卡琳皇太后少女時代就拿優學金赴美讀書，在那動盪不安的日子她輾轉歐美，幾個兒女都在西方國家出生。但是這位皇太后也不是奢侈的人，她所取的木料聽説還是碼頭的廢木，而屋內的設計也以簡樸大方為主，不見豪華講究。我們的感覺是擋去了外面的高溫酷暑，內裏風涼舒適。

走出行宮，眼睛一亮。山坡草坪上花卉豐富，種植整齊，最多的是一串紅、蘭花、薰衣草，真是花團錦簇，姹紫嫣紅，令人目不暇給。還有向日葵、各種菊花在爭妍鬥豔，雖然是人工設計和栽培，但毫不俗氣，體現一種藝術感。拍攝了一些照片後，我們才發覺還沒到後花園去走一趟。那也是需要憑另外一種票的，要走階梯或下坡，原來那後花園面積很大一片，地勢比行宮低，猶如在一個盆地中。我們順着木階梯慢慢走下去，放眼望去，

感到非常震撼。這兒有水，有草坡，有小橋，小徑，更重要的是滿眼都是花，也許是整體地勢在海拔一千米以上，氣候適宜，因此各種花卉開得燦爛奔放。周圍見到的遊客都在忙拍攝，由於範圍很大，遊客分散開去，也就沒見到多少人了。回來將拍攝的，我有一半以上無法辨識名字的花卉，對照查閱行家送我的花譜，可以說以菊花最多，品種也最雜，其他的有一串紅、九重葛、杜鵑、火鶴花、薰衣草、蘭花、曼陀羅、美人蕉、牡丹、木槿、黃蟬、鬱金香、玫瑰、滿天星……最多也最動人的是菊花的變種和雜交。如雛菊、非洲菊，而萬壽菊和孔雀草雜交的品種最美，像一支支金色火焰，燃燒、挺立在花叢

中。花譜上是這麼說的：「萬壽菊屬於春播一年草本植物。由於環境適應力強，從初夏到晚秋一直花開不斷，所以是裝飾花圃不可或缺的花卉之一。Marigold一名『聖母瑪利亞的黃金』，學名Tagetes則是取之希臘美麗女神之名。」「花色有黃、橘、紅及三色混色，花型有單瓣、雙瓣、王冠型、康乃馨型等，十分多樣化。其中以孔雀草French Marigold 萬壽菊African Marigold，以及由以上兩種雜交的孔雀萬壽菊品種最受歡迎」（引自臺灣京中玉出版《100種魅力花卉》）……那些花卉見所未見，用驚豔一點也不為過吧！一串紅和薰衣草以顏色取勝，猶如「美麗顏色女魔」，太能以整個族群出動，染紅或染紫大地，它們像另類瀑布瀉滿花園的大地；花瓣較小型的花類，則必須聯合起來，以交錯互助的方式撐起場面，將換褐色的土地鋪上一層七彩鮮豔的地氈；最牽動魂魄的是雜交出來的各種菊花（比如孔雀萬壽菊），群聚時展開一張張笑臉；分開站立時，尖形瓣的，如燃燒的火把，如怒放的髮辮；橢圓瓣的，如精雕的藝術品，如高貴的瓷花……我們狂拍、遠拍、近拍，花兒獨拍，人花合拍……想不起在世界那一國見過花色搭配那麼好、地方那麼寬的地方。

離開這後花園，感覺它美得那麼不真實，好像做了一場夢，從夢境裏走出來，又回到了萬丈紅塵的俗世。

罌粟：美豔的「惡之花」

午夜，萬籟俱寂，一輛小汽車在叢林茂密的泥濘小徑吃力行駛，神情警惕的司機眼睛像兩支探射燈，他似乎意識到了這是個不祥的夜晚，似乎聽到左右前後有聲音逼近。果然，不准動的吆喝，令他無法不停車。剎時間，四周圍幾十支槍的槍口在亮光下，從兩邊車窗伸進來對準了他的頭顱。

幾百萬美金價值的白粉，在頃刻間化成了流水……

無數次，那些描述毒梟、毒販與探員、警員周旋惡鬥的電影，出現了類似的鏡頭。我總是不明白，內心產生了許多疑惑：毒品是甚麼？怎麼那麼值錢？毒品、白粉、鴉片、海洛因……為甚麼那麼多名稱？罌粟花究竟樣子是怎麼樣的？為甚麼全世界都在掃毒，毒販被抓多數判死刑，為甚麼毒品迄今還是源源不絕？無數個為甚麼，存於心中，無法得到解答。

很希望有日親眼看一看罌粟花。

五月的清邁清萊之行，雖然僅僅五天，但終於滿足了這願望。尤其是在世界著名的金三角區一睹罌粟花真面目，太有意義，因為實地的參觀，親自以肉眼觀賞，那感覺是完全不同的。

我們乘坐旅行團的車、耗時一個多小時，來到泰國最北部的城市清萊。這個古城有七百多年的歷史，比曼谷歷史悠久得多。一九一零年清萊建立府，自此，其一百多年的歷史也就和鴉片分不開。著名的「金三角」（Golden Triangle）就廣義來說，是指泰國、緬甸和老撾（寮國）三國交界的一個三角形地帶，狹義來講，就是具體指泰國清萊府、北部及老撾、緬甸一些縣城村鎮，共大大小小三千多個村鎮。總面積約十九點四萬平方公里。我們參觀一個苗族村的時候，完全沒想到，最後就看到了可能特地保留的罌粟花。

不是說早就絕跡了嗎？我們沿着一個山坡的小徑走上去，一串紅、薰衣草、牽牛花、百合、向日葵、金盞花、木槿、美人蕉、夾竹桃、非洲菊等花卉開滿了山坡，點綴着村莊，非常好看。幾間茅草屋，酷似南洋偏僻地區印尼人的住所。在較高的山坡，導遊就跟我們說，那裏有罌粟花。我們馬上渾身精神起來，猶如要去見一個罪大惡極的毒梟一般緊張興奮。很快，遠遠就看到在綠色的叢叢草木中，紅色浮雲的影子在眼前晃動，那就是罌粟花了。有紅色、粉紅色和白色的，每一株約有一米來高，其花瓣有四個，呈圓形或扇形，花瓣緊密排列，看上去很像一個毛絨球。花色豐富。中間有個蒴果，形成長團狀橢圓形，導遊説，其實美豔的罌粟花本身沒有毒，有毒的是這蒴果。許多人將這兩者混淆了。他當下用一個尖尖的樹枝刺向蒴果，頃刻間就有「汗汁」滲出。這正與李時珍的《本草綱目》所描述的一致：「阿芙蓉（即罌粟）前代罕聞，近方有用者。雲是罌粟花之津液也。罌粟結青苞時，午後以大針刺其外面青皮，勿損裏面硬皮，次晨津出，以竹刀刮，收入瓷器，陰乾用之」。我們團友將僅剩的幾株罌粟圍住，瘋狂拍攝，細細欣賞花瓣，的確美豔極了，堪稱一等一的供人們觀賞的花卉，令許多花卉黯然失色。那未成熟的蒴果此刻挺立着，看上去感覺有點駭然，害怕去觸摸，生怕一模連手指也會中毒會麻醉似的。那蒴果含着乳白色的漿液，制乾後就是鴉片，一般字典上對罌粟的條目解釋也是「草本植物，花大而美，有紅白等色，果實未熟時是製鴉片的原料。」導遊還把一些團粉狀的東西倒在我手掌上，令我有點驚駭，彷彿頃刻間我距離罪惡很近很近，只要我突然失常，將手上的白色粒狀東西吞下去，可能就成為沉淪毒害的吸毒者了吧？不過，如果公正，能將罌粟及其蒴果分開，那麼可供觀賞的罌粟花就可以除掉惡名，毒名就純粹由蒴果來承擔了。可歎的是，正因為它們同根生，罌粟花也就擺脫不掉「惡之花」形象的宿命。世事如此，何等不公？我們站在罌粟的蒴果前很久，那小小的橢圓形的蒴果，倒有點像荷花池裏的蓮蓬、沙漠裏的某些圓形仙人掌，一株株地直立着，看起來令人聯想歷史，聯想許多以前書上和資料上閱讀的傳說和故事……。

我們在這山頭待了很久，一半是因為罌粟的吸引。

次日，我們有機會參觀別開生面的鴉片博物館，眼界大開。在此，陳列了各種各樣的抽鴉片的器具、吸毒者的生活和習慣、毒販和吸毒者被囚禁的圖片、大毒梟坤沙的事蹟等等，雖然資料不是太豐富，但那些花色眾多的吸鴉片器具，就說明着人們受毒害非一日之寒，至少已經有一個世紀了（指大量生產和銷售）。博物館進口處，有張圖，導遊解說得好快，我來不及細聽，我見那圖片很奇特，一個女子躺在泥土下，身上長出一株罌粟來，而在泥土的上空，有七個男子的頭像。我在博物館門口又問了導遊，那是甚麼意思，他說傳說有七個男子看中一個少女，對他展開追求，她沒同意，他們一怒之下就把她強姦了。女的被強暴死去，埋在泥土下，不久就從身體長出一株罌粟花來，開始了以她的毒在人間對男子進行瘋狂的報復。這當然只是一個傳說，對罌粟的蒴果之毒給以一種合理的詮釋。

其實，罌粟果實的那些嗎啡成份，最早僅是用於藥用和治療。罌粟含嗎啡的量有高低，最高的平均為10%。罌粟含有多種生物鹼，如可待因、罌粟鹼，加工入藥，可以產生止咳、止痛、催眠作用，還可以治療久瀉、久咳、久痢，後來人們研究還發現醫療功能很多，還可以養胃、調肺、治痢疾等等。在元朝之前，罌粟都是用在入藥和治療的。開始當麻醉的毒品吸食始於元朝，不過那時的吸毒者所吸的鴉片，都是從與印度等國家打仗獲勝的戰利品得來的。開始懂得生產和製造是在明朝才開始的。明初，鴉片源源從海外輸入中國境內，主要是暹羅（泰國）、爪哇、麻六甲這些地方，當時稱鴉片為烏香，還作為藥材「進貢」給明朝皇帝。十六世紀，鴉片價格高昂，與黃金同價，中國沿海一帶富貴人家的老爺抽鴉片的也漸漸增多，鴉片也就開始徵稅了。

鴉片的原產地在南歐、印度、緬甸、老撾及泰國北部，一百多年前外國人看中了金三角這一帶，就教授當地人栽種、培育、製造等一條龍的技術。金三角這塊地方被他們看中，鴉片能在這地方「發揚光大」，主要是這一帶海拔一千米上下，溫度適宜，有一定的雨量，土地肥沃，更重要的是地處偏僻，社會封閉，處於崇山峻嶺之中的三不管地區，便於製造和運輸。但是在歷史上，中國的林則徐為抵制鴉片曾經率領中國人和英國打了一仗，是為著名的鴉片戰爭。然更早以前，對於罌粟花，東西方的觀念卻不同。古埃及稱它為神花，古希臘的司谷女神，手上拿着一朵罌粟花；罌粟在第一次世界大戰（一九一四）後，在比利時的弗蘭德斯被視為「緬懷之花」，因為當時弗蘭德斯成為了西線對抗德國的主要戰場，有成百萬的英法比士兵倒在滿是罌粟花的大地。加拿大醫生翰•麥克雷寫了有關的詩篇，美國人邁克爾•摩尼亞佩戴紅色罌粟花紀念那一次犧牲的戰士，一九二零年法國婦女以手制罌粟花出售資助第一次世界大戰遺留的孤兒。這一切活動曾經導致中西方在罌粟花文化上的衝突。據說比利時那種罌粟花是變種，屬於佛蘭德斯紅罌粟和阿爾卑斯罌粟，俗稱虞美人，和製造鴉片的罌粟不是一個品種。即使是鴉片罌粟，也都是那個蘋果闖的禍造的孽，正如一個人，頸上長了一個毒瘤，人們就視她為「有毒之人」避之唯恐不及一樣。

中國歷朝對罌粟早有記載，只是名稱不一。六朝稱斷腸草、芙蓉花，唐朝稱米囊花，宋朝叫鶯粟，明朝叫烏香、阿芙蓉等等，許多名人、文人、醫生都為罌粟發表過言論，太白詩曰：「昔作芙蓉花，今為斷腸草。以色事他人，能得幾時好。」雍陶：「行過險棧出褒斜，歷盡平川似到家。萬里愁容今日散，馬前初見米囊花。」（《西歸斜谷》）蘇軾：「道人勸飲雞蘇水，童子能煎罌粟湯。」元朝醫生朱震亨説；「今人虛勞咳嗽，多用粟殼止勤；濕熱泄瀝者，用之止澀。」但又嚴重警告：「其止病之功雖急，殺人如劍，宜深戒之。」好一個「殺人如劍」！早在元朝，就有那樣目光如炬的醫生為後人下了「警世明言」！

從清邁和金三角回來，我找一些有關「禁毒」「制毒」的資料來讀，讀出問題和矛盾來，百思不得其解。例如，說泰國政府早在一九七零年推行山地政策，鼓勵和發動泰北的少數民族以種植水果、蔬菜、手工藝等產品來替代罌粟的種植，並展開了一系列打擊毒販的行動，一九九零年又大力發展清萊的旅遊業，「金三角」逐漸變成了歷史名詞。然三國政府儘管努力，依然沒能阻止這一區罌粟的種植和鴉片的製造。下列這樣的數字真叫人觸目驚心：六十年代鴉片生產處在黃金時代，產量兩百噸，八十年代七百噸，一九八八年為一千二百噸，一九八九年為二千四百噸，一九九一年達到三千噸。如果數字無誤，那麼一方面禁毒，一方面產量逐年遞升，只能讓人想到那大批隱藏在叢林深山的機器和人員，一定日夜加班，一旦有甚麼風吹草動，不是快速降到地底下，就是與外星人合作，連地皮帶人帶機器一起被卷到巨大的飛碟上逃避國際刑警的追捕吧！要不然那樣的高產是如何辦到的？

回港多日，不時打開電腦，多次凝望那美豔無比的罌粟，的確，罌粟花是罕有的悅目美麗，想到了利欲膨脹、無所不用其極的人類與罌粟花的因緣，多少人迷於其蒴果之毒，死於吸毒，多少人依然在龐大的毒品行業的深淵裏推波助瀾，賺取暴利？罌粟的惡名，究竟誰賦予的？如果，人們不開發它的蒴果，罌粟花難道不是絕好的觀賞花卉，與牡丹、玫瑰、蘭花都可以匹敵？正如那位傳說中的少女，被招惹了，就一百倍瘋狂四處危害了。惡之花其實就是惡之人的「傑作」吧。

世界最大的星期天夜市

——逛清邁周日夜市

清邁，兒子和媳婦這幾年前後去了三次，究竟是甚麼吸引着他們（尤其是兒子）？7月，他們帶了一歲又四個月大的之之，請爸爸媽媽（我和瑞芬）一道在那裏度假。我倆十分高興，兒媳孝順，而我們又可以盡力協助照顧小孫女之之。雖然只是四天三夜，屬於自由行，但兒子媳婦把行程設計得很緊湊，倒是走了不少地方。

終於明白，兒子樂此不疲、三番四次來清邁，都是沖着清邁星期天夜市而來。清邁的星期六和星期日夜市一周各只有一次，因此兒媳選擇的來清邁的時間都包含了周日周末。

那天，我們乘車到了星期天夜市。兒子説，星期天夜市和星期六夜市（我們步行來的）地點不同，都是封路，都是一星期才一次，很長，左右都有許多叉出去的横街，非常熱鬧。由於星期六的夜市我們分開走，結果好久都無法會合。星期天的夜市我們就吸取了經驗，一起走了。清邁週六夜市在古城南邊的護城河旁，擠得水瀉不通；周日的夜市則封起了城內的主幹道大馬路，即從城東的塔佩門（THA PAE GATE）到西邊的帕辛寺（RAJADA MNOEN）至少有一公里長，如果連那些横街都加在一起，恐怕好幾公里長。

見識了這可算是世界最大的夜市，才明白像兒子這樣的年輕人為甚麼會被吸引了，因為夜市裏工藝品、紀念品、用品甚麼都有，而且都充滿了創意；還有各種美食、點心，現製現賣。例如：手工絲巾、精美肥皂花、木頭大象、樹膠大象、各種竹製品、木製品、椰子殼飾品、裝飾畫、花瓶、銀器(畫、鈴鐺等)、手鍊、玻璃工藝品、刺繡布袋、泰絲圍巾、棉織品、服裝、冰箱貼、玩具汽車、護照套、枕頭套、小錢包、明信片等，吃的、小食有各種水果、雜果冰、霜淇淋、烤香腸、烤玉米、玉米粒、燒烤肉串、芒果糯米飯、炒河粉、泰國沙律、煎餃子、豬肉薑味糊等……還有一大堆叫不出名堂的小食。走過許多國家的城市夜市，如此驚人的規模我沒見過，香港的男人街和女人街，比起它，不值一提了。

清邁的週末、周日夜市，大約五時前就大致準備好，五時許人流就從四面八方如潮水向夜市湧來，七八點鐘人潮達到了頂峰，像上下班塞車一樣，差一點就無法動彈了，用「寸步難行」形容一點都不為過。夜市一路走去，慢慢看、慢慢挑，興致盎然，千萬不要走回頭路，看中的就買，前面未必有重複的；以比散步還慢點的速度走，也需要走整個夜晚，腳兒不會覺得酸；到了九點多光景，步道慢慢寬鬆了，在不知不覺當中，有些人已經離場、失去影蹤；十點多，夜市也好像露出點疲態了，許多小攤前已經空出一片天地，老闆開始收拾帳篷攤架，是收拾時候，也是再盼下一個週末和周日的時候了。週末和周日夜市每週一次，地點不同，但無數攤主、小老闆應該一樣，我們在星期六夜市買一檔泰國沙律站着吃，我們發現那個女攤主在星期天的夜市又出現。可見，兩個夜市，不少攤檔是重複的。

從來沒有一個夜市，令我如此感動。感動我的自然不是夜市很長、賣的東西多之類，也不是可以討價還價。主要是那麼幾點：

一是它的平民性。從小販小攤參與之多，可以推測不需要交租金或只是象徵性地交租金。這不同于香港會展中心的書展、婚紗展、電子器儀展及其它各種各樣的展覽，租金特別貴，商業性特別濃。像香港書展，辦了幾十屆，我們出版社只參加了三屆，就因無法承擔那昂貴的租金而放棄了。到後來，小出版社因為無力承擔租金而漸漸淡出，財勢雄厚的大機構敢於一口氣租下十幾二十幾個單位，形成大機構壟斷之勢。而清邁的週末周日夜市不同，平民化很強，覆蓋面很廣，參與者很多。遠非大城市的那些展覽或夜市可以比擬的。

二是它的創意性。不少城市步行街賣的貨色、夜市裏出售的美食，固然有時也很有個人的創意，具有「獨此一家，別無分店」的精彩，但更多的是貨色重複，表面上看東西很多，仔細分辨，原來天下文章一大抄，大都是批發的、大同小異的貨色。算不得如何的豐富。在中國的江浙一帶的水鄉、不少的城市步行街，甚至香港的男人街和女人街，也是走了幾十個攤子就會厭倦了。貨色其實是不多的。清邁的週末周日夜市大不一樣，那些手工藝品（如上列）就大部分是攤主和家人的私家製作，充滿了個人的創意。這和服裝一樣，大量、成批由機器縫製的一般很便宜，那些「只有一件」的限量版就售價不菲，但在此，未見得貴！這兒的夜市，像磁性雪櫃貼、枕頭套、繪畫等都是攤攤有別的。

三是夜市保持乾淨。清邁的夜市很少看到地上人們隨意丟的垃圾，垃圾桶每個攤檔都會準備，但不是放在攤子前的人行道，而是隱藏在攤檔的後面。我們曾經買泰國的沙律來吃，吃過在附近找了大半天就是找不到垃圾桶，後來還是將紙碗交了給攤主，她幫我們處理。

第四，叫我最感動的是泰國人的樂觀天性。每一樣東西都有人發明，每一樣東西都有人售賣，清邁人男女老少從不無端地向你伸手乞討，在夜市從不見一個乞丐。週末周日的夜市就是泰國人勤勞性情的一次集中大表現，我邊走邊被他們那種倔強、不向貧窮低頭、不願意做「好吃懶做，坐享其成」的伸手派感動了。看吧！在那樣窄的的兩邊密密麻麻都是攤子夾住的通道裏，大約四五個穿藍衣服的盲人一字排開，有的彈電子琴，有的敲鼓，有的吹口琴；這兒，一男一女，男的吹奏，女的跳舞，年紀都至少有五六十歲了；那兒，一個小丑，臉上塗得紅紅的，衣服穿得花花綠綠，神情落寞，獨個兒在打手機；前面，一個女小販，大概沒有租到攤位，就坐在地上，周圍的貨物圍成一個圓圈；一個個子很瘦小的女孩，穿着傳統的泰國服裝，在跳泰國舞；一個看起來很像華人的少女，穿着黑橫條白衣紅色裙，全神貫注地拉小提琴；一個老阿伯，那麼老了，坐着拉手提琴……這夜市，還有人繪畫、替人寫生；陣容最大的是幾組三四位盲人組成的樂隊，他們空巷出動表演，爭取遊客們的打賞。

這麼多的盲者和其他殘疾人都出動了，不願意彎身伸手、不願意白受賞賜，無論如何都寧願為你唱一首、拉一曲、彈一段，你願意打賞也好，你掩面繞道走開也好，他（她）們都照舊為你演出。他（她）們那種陽光、樂觀、勤勞的心態真感染了我啊！我想，我們還慚愧甚麼呢？還歎息不足甚麼呢？物質金錢的賺取，能多少就多少，哪怕少到微不足道，都是憑靠我們的付出得來的，我們完全可以問心無愧啊！生活，我們是不需要悲觀的，就像夜市裏的所有民間藝人，認真努力地表演，那就是盡了自己努力，收穫的多寡已經可以不論了！

於是，清邁的周日夜市，也成了我的一間人生學校、勵志課堂，那麼精彩，令我難忘。

雨樹太平湖

將太平列入我們馬來西亞的行程，純粹是香港資深老作家劉以鬯先生的夫人羅佩雲的介紹，她說太平湖很美。一個美字就傾倒了我們，想領略一下。太平的FLEMINGTON HOTEL酒店是馬峰和梁麗秋老師代預訂的。我們從怡保乘計程車抵達太平的酒店時，風雨交加，辦好入住手續，坐在大堂落地玻璃窗內的沙發上，看外面雨樹枝椏如一隻隻大手掌伸向灰壓壓的天空，憂鬱的綠呈現一種驚人的朦朧美。隔着一層玻璃拍攝了幾張雨樹印象畫。

在太平只住一晚，太平湖名氣那麼大，那是非去不可的。然我和瑞芬都是方向盲，只好問酒店的華族服務員太平湖怎麼去？沒想到她往落地長窗那幅雨樹朦朧圖一指說那就是。我們頓時吃了一驚。有眼不識君，真是愧煞了我們呀。我對瑞芬說，我做先遣部隊先去視察，於是撐着傘掛着相機走到對面。啊，太平湖一側的馬路邊，都種植了雄偉的雨樹，碩大粗壯，看來歲月有功，一方面覺得它們蒼勁扎實，伸向天空後，枝椏從各個不同方向伸出，將天空當作畫布，畫出了很美的剪紙圖案。另一方面，也為雨樹們的戀湖愛水柔情所感動，一株株雨樹的枝椏彎彎地跨過馬路上空，彎向湖面。從來沒見過那樣富有性靈的樹木，居然愛戀湖水愛戀得那麼深。這樣的「樹的天幕」奇觀見所未見，好美啊。像是一層天然的屏障。綿綿細雨中我撐傘走回酒店，告訴瑞芬，這太平湖很美，明早我們來拍照吧。

次日天氣放晴，一整列雨樹下的草坪沒積水了，湖邊欄杆、長椅、彎向湖水的雨樹枝椏，構成了天然的道具，我讓瑞芬當模特兒般拍攝和擺弄，又將相機調到自動，一個愛攝影的華人走過，好意地為我們拍了幾張。

仔細再看雨樹，不禁聯想起柳樹的戀水，雨樹我看比弱柳更甚，雨樹堪稱鐵漢柔情，主動放下大男子的身架追求湖水，那麼偉岸的身軀不惜彎下，讓我們看到世間某種憐惜之愛。我們在太平湖畔逗留拍攝很久，拍照我對角度構圖信心大於創作小說。拍了不少。在塵世中，那樣幽靜的湖泊不易尋覓，太平湖，太美了。

沒想到馬來西亞小城居然有那樣富有特色的地方，雨樹、湖，會長留我們的記憶中。

相機博物館

到一個城市旅遊，在酒店安頓下來後，我喜歡在大堂豎起的架子上搜索一些旅遊資料。例如在紹興，我們的一日遊，就是靠那種旅遊單張上的資料，選擇自己中意的景點，再向酒店櫃檯求證一下報名的方式。一個電話過去，次日旅行社就開車到酒店來接我們了。在檳城，最後一天我們就是看到一份檳城旅遊地圖上的宣傳，來到「相機博物館」的。

對相機感到興趣，主要全家人都愛相機。兒、女、我們三家，好的相機平均每家都至少有兩部。

資料上宣傳「全東南亞第一間」「三十分鐘內讓您親身體驗超過千部百年歷史的古董

相機之旅」。檳城文友麗絲、尼克開車帶我們前往，倒是不遠，就在酒店附近而已。參觀完畢我們自己走路回到酒店。相機博物館雖然規模太小，就相機而言也沒有如同宣傳文字說的「超過千部」，但那樣的誇張也是值得原諒的。回想一下，將那樣一間規模不大的博物館載入檳城市政府旅遊部編印出版的旅遊地圖內，還是挺叫我們感動的。這和金門一樣，金門縣政府旅遊局編印的各種旅遊資料也夠豐富，其中一份美食地圖就將一家很小、只有兩位婦人掌勺而歷史不短的「蚵嗲之家」編入，列為三十二號！在大城市如香港，小販「走鬼」還唯恐不及呢！僅是這一點，就惹人好感，覺得有關當局太人性化了，工作也做得很細緻！

其實，對繁榮旅遊業有益的事做得多做得好沒人會嫌棄的。

相機博物館門面不大，當門的是一個很大的類似的舊相機的模型，供人拍照。其後面就是一架以前經常在舊式照相館見過的、專拍「全家福」的老爺機。傢伙好大，木頭骨架，前面有可以轉動的大輪子供控制鏡頭的前進退後，機身中間用類似舊式手風琴的黑色折物連接，有黑布設置，攝影師站的位置可以拉起黑布遮頭防光，啊，這不正是我獲獎小小說《轉角照相館》裏描寫的老爺機或標本嗎？真的成為二十一世紀博物館裏的具有代表性的古董了！接着，我們看到一張有趣的壁畫，四個不同年代的穿西裝的人，半蹲着抓着老牌照相機拍攝，還看到各種各樣的舊式相機的尚存品以及仿製品，其中以德國的老牌子勞斯萊特

（ROLLEIFLEX）最多最出名。

父親生前就有一部這樣的照相機，當寶貝般使用。那時國際上其他國家出產的、比較普遍又有知名度的照相機，似乎很少見。父親那一代人都不興或不普及「玩」相機，父親因為自己擁有一部而自豪。那年代，愛照相的父親，珍惜得不讓我們亂觸摸它。哪裏像今天，年輕人比我們還厲害？數碼相機、智能手機、電腦……他們生得逢時，大多是無師自通。有的相機，中間可以拉長，像手風琴；有的相機，就像勞斯萊特一樣，正面有兩個圈，側面設扭，可以扭距離。拍攝時不是看被拍攝的人，而是低頭俯望長形小盒裏出現的映象。那時還用底片，底片就裝在底部。照相機發展到傻瓜機，最後連智能手機也有了拍攝的功能，誰想到今日記憶體的發明，一拍就是幾千張，

博物館中廊兩邊牆上掛滿了女性半身沙龍，用色詭異奇魅，動作出軌，我們拍了幾張。館內後半有個紀念品小賣部和咖啡室供人飲酒和咖啡。

走出相機博物館，有幾個想法，一是設館的創意和構思很好，但資料有待充實：二是聯想到相機的發展歷史，充滿了人類科技智慧的印記，值得詳細化，尤其的文字方面，不妨加強，這是太值得進一步開發的領域。只要將它完善、充實，多些實物文字，不怕沒有更多相機迷湧入參觀。

威尼斯明信片

當汽輪衝破波浪向威尼斯挺進、碼頭的影子漸漸消逝在我們回望的視野的時候，我的心微微顫抖起來了。本來一望無際的大海，顛簸起伏了一些時刻，前方的左方，就慢慢出現了夢幻似的建築物。它們不是驚鴻一瞥，而是好像駛不完似的，建築物顏色各各不同，顏色有異、揉合悅目，好像一列建築藝術博物館長廊，夢幻似的呈現在海岸上，比我夢想得還美。

同乘一條船的遊客和團友也和我一樣激動難耐，都紛紛不顧船兒左右的搖擺，不顧風兒從船窗縫隙的拼命強勁進入，舉起手機、照相機，拍攝遠岸美不勝收的威尼斯海岸線風景。我知道我們已經來到了世界聞名的水上城市威尼斯。

對於我來說，知道威尼斯的大名已經幾十年，雖然未曾在在任何歷史地理課本上留下點滴的記憶，但印象是如此美好和不可磨滅，主要還是來自文學和藝術。德國托•馬斯的《魂斷威尼斯》、英國莎士比亞的《威尼斯商人》、威尼斯電影節、澳門威尼斯人酒店……幾十年來深刻影響着我。尤其是象徵主義的《魂斷威尼斯》，幾乎直接催生了我的長篇《迷城》。威尼斯，如何能忘。

威尼斯，雖然我希望有日能親臨其地，那怕行色匆匆地投去一瞥也好。真不敢奢望，畢竟位於南歐義大利東北部亞得里亞海威尼斯灣，它距離我們香港太遙遠了。這個面積只有七點八平方公里的水上城市。早就被聯合國教科文組織認定為世界遺產。建於西元四五二年、拜佔庭式的威尼斯至少有一千五百餘年的歷史，一千兩百年還出現過強大的威尼斯共和國，十五世紀沒落；在八世紀它還成了歐洲的貿易中心，拿破崙曾經垂涎，在一七一七年五月十二日佔領它。就在十八世紀，它已經成為歐洲最優雅的集藝術、文學和建築於一身的城市。當我們從汽輪走下來，走在廣闊的碼頭廣場，感覺上好似走在兩三個世紀前的古典城市。

碼頭廣闊，海岸邊那威尼斯唯一的代步小船、交通工具貢朵拉在水上排列浮動；有兩位穿着巨大彩裙、招徠遊客拍照尋求打賞的女郎，裙腳拖地，身型高出普通人許多，看來不止是高跟鞋那麼簡單。那張開如巨大遮陽傘的彩裙，在廣場如巨大的花在盛開，可是誰和她們站在一起，都有一種被矮化的效果，因此其周圍有興趣合影的遊客極少。遊客一船一船地開到，像是在趕一次世界市集似的，一潮一潮地向聖馬可廣場湧去、湧去，廣場上，工藝品小攤、畫壇散佈，鴿子在陽光下飛舞覓食……只要進入視野，我都覺得威尼斯那不可方物的美態，隨便取景，都可以構成美麗的明信片，象徵物太多，正如一個太有性格棱角的人不可複製一樣。

我們終於漫步地來到了舉世聞名的聖馬可廣場。這個曾經被拿破崙讚美為「歐洲最美的客廳」的、以耶穌使徒、《馬可福音》作者馬可命名的教堂於八二九年建築，地下就是馬可的墳墓。整個廣場長一百七十米，東西寬八十米和五十五米不等，總面積約一萬平米。四周建築物造型優美，氣派豪邁浩大，遊客很多，人鴿共舞，還有露天酒吧音樂會，排着大把椅子，一位女歌手在起勁動情地唱歌。

整體感覺那麼好，從來沒有遊覽過這樣的最美的水鄉和建築藝術博物館啊！於是，儘管我的另一半在義大利時扭傷，走得那麼辛苦，在威尼斯我得攙扶她完成這艱難而優美的水上古城，她還是情緒興奮，每一幀照片都有燦爛明媚如陽光的笑容，沒有人想到她一拐一拐的。聖馬可廣場猶如藝術長廊，美得驚心動魄：這兒有高達九十八點六米的聖馬可鐘樓、教堂，還有圖書館和總督宮，後者就是元首府邸和議會廳。如今經過了修葺，還保持了優雅姿態，震懾人心。

我們在馬可廣場停留很久，想將人和鴿子一起攝入畫面中。可是這終竟是不容易的，遊人如織，在佈景板上不斷掠過，而鴿子小、位置低，人物大，個子高，擺弄了很久，她也給我折騰得哭笑不得，才把她和最多的鴿子一起「送」進畫面裏。在藍天麗日下，陰影中，望着溫暖的人鴿和睦相處的畫面，自己心中也不期然地升起了一種感動。

我們走向有水的地方，終於看到了貢朶拉、水、橋和乘船的遊客，還有那穿上制服的船夫。在澳門威尼斯人酒店，在一些國家的縮影公園，我們就看到了假的模擬版本，在這兒，我們看到了真景真版。我拍下了珍貴的幾幕，這些，正是威尼斯最富有特徵的風物。儘管沒有將自己攝入畫中，我卻有着太多的感慨。從中國江南的無數水鄉走到了義大利水鄉，從香港超現代的玻璃幕牆、燦爛夜景、擁有「百萬窗畫」的家居到漫步在如假包換的古典水上都市威尼斯，人生好似一場夢。我們就在不斷地圓夢。威尼斯也是大自然界神奇的一場夢幻，以水上城市的形式呈現。在八平方公里的威尼斯上，運河密佈，擁有一一八個小島、一七七條水道、四零一座小橋，人口最多時達到三十四萬，也有人統計本地人口只有八萬人，他們的日常生活也就用貢朶拉小船出入來往。單單讀讀這些資料，就會構造出許多詩情畫意的水場景和畫面。是的，不少文學藝術畫面和場景就點綴着藝術家的活動。

始終忘不了那座短短的封閉式的「歎息橋」。我們從威尼斯碼頭廣場的一座橋上走過，就遠遠看到它跨越兩座建築物，一邊是總督府，白理石建築刻繪着圖案、有着拱形的花窗；一邊是石頭的建築，外表一片漆黑，窗口全是鐵枝，那是當時的監獄。在議事廳被宣判的重犯就被關押在此，從此再也見不到天日，唯一的機會就是從總督府被定罪從橋經過的時候，透過橋的窗櫺看外面的世界。而「歎息橋「的名稱，來自這樣的傳説：聽説有個罪犯被定罪後，從這座橋經過，獄卒叫他駐足最後外望，看一看世界，他就看到有一艘長長的貢朵拉在水上正從橋下駛過，船上一對男女正在擁吻，那女的正是他的愛人。罪犯哀莫大于心死，比死還難受，在發出一聲長長的歎息後，一頭撞上大理石花窗，血濺大理石，當場斃命。後人改悲劇為喜劇，説是如果一對情侶在橋下的船上接吻，他們的愛情將會永恆長久。我們沒有時間在橋下擁吻，只是遠遠地拍照留念。那樣淒美的故事，確實難忘，敲鍵當兒，彷彿還聽到那深沉的歎息從幾千幾萬里的水城破空而來。

魂斷威尼斯，夢斷威尼斯。今天我就將這一張明信片給你寄出吧。

二零一四年六月二十三日初稿

帖特廣場的畫家市集

通往巴黎蒙馬特區聖心教堂的窄巷，太有特色，有點像早期香港中環的石板街那麼熱鬧，密集的店鋪多數賣工藝品，各種膚色的遊客都像在趕集的遊魚一樣，來往不息。人同此心，我們也恨不得把每間鋪子都進去看一下。走到盡頭，遠遠就看到山坡上屹立着雪白色的聖心教堂，那回教堂式的蔥頭般圓頂，與法國其他天主教或基督教堂大異其趣，據說是為了紀念普法戰爭而建。一八七零年普魯士入侵法國，圍城四個月曾經令巴黎缺水斷糧，最後戰爭結束，為了感恩耶穌，就獻這教堂給耶穌。保爾阿巴迪負責設計，從一八七五年開始興建，直至一九一四年才完工。

造型完美的聖心教堂固然美觀，爬階梯上去或搭纜車上去都可以，但最吸引我的還是從教堂右側一直走進去的「畫家村」，令我眼界大開。這密集着藝術家、畫家、畫匠的地方，正式的名稱叫帖特廣場，因為畫家密集，也可以稱為「帖特廣場的畫家市集」。我們漫步走進去，熙熙攘攘、鬧哄哄的氣氛幾乎把我們嚇壞了。看來不過是是兩個籃球場大小，可是周邊環繞着咖啡館，人多到一直延伸到外面空地，太陽正烈，照在露天咖啡座上顧客的臉面身體上。看來多數是遊客吧！再望望集中在中央的畫攤，雜亂無章中倒也顯露出一種風情，畫家男女都有，老少、不同種族膚色的一起出動，長相氣質都很有藝術家派頭。或者即場為你寫真素描，或者展銷自己的風景水彩畫油畫，或者自己一個專心致志畫畫……顧客、遊客們也莫不為畫家畫匠的現場獻藝而感到新鮮好奇，有的在欣賞，有的在問價，有的在拍照……我是絕對明白攝影者的心理，那都是將畫家市集作為一種背景，我其實也頗喜歡這種背景，不亞于任何名勝或鐵塔。它顯示一種風情、一種民生、一種地方色彩。幾百年來，這個市集成為了一些出名畫家的搖籃，名滿天下的畢卡索就出身於此，可是，據巴黎市政府的調查統計，近幾十年來在此擺攤的畫家竟然沒出一位偉大畫家，似乎有今不如昔之感。

不管怎樣，走到哪里，始終對藝人啊、書報啊、展覽啊、美術啊、攝影啊、文學藝術啊……都感到親切，也許和我們從事的出版業、自己喜愛的文學創作有關。見到畫匠們在為顧客畫畫，我悠然想起了女兒當年在名校協恩中讀初中時，我們為了吸引更多讀者，在「香港書展」的攤位也曾經讓她在一個角落裏為小讀者們畫漫畫相，連框才四十五元港幣。在畫檔前排起了長龍，大受歡迎，她也畫得手酸，哭了，十幾歲的她小小年紀就明白了謀生的艱辛。此刻，看到那麼多藝人、畫匠在找生活，也令我想起了自己的業餘爬格子生涯，想起了香港的爬格子動物，從五十年代到九十年代，為了生活，他們像流水作業那樣出賣自己未必喜歡的文字，產生了大量的文字垃圾，那是非常痛苦的。名家劉以鬯也是稿匠出身，最後畢竟也出了精品《酒徒》《對到》等。這裏的畫匠暫時只能稱「匠」。模擬的寫實寫真，缺乏創造和幻想，少了獨特自由的心靈和精神表達，但有朝一日，只要他們重心靈創造，畫出自己獨特的東西，一定會脱穎而出，進入另一層次、另一境界，出現畫家大師，出現畢卡索「二世」。我想，對文字入迷、被她折騰大半生走不出她迷人迷宮的我們，只要注重人性和心靈、審美形式和超凡的想像力，那就會擺脱「稿匠」氣味，自成一家。

一位美少女坐在畫家面前讓他畫她，就像我們用文字素描一個人，其中的難度特點究竟有哪些不同呢？……在畫家市集的下午，我看到了、聯想到了盧浮宮的貴氣和畫家市集的平民化，從此到彼，那條路要走多久呢？

大國的地鐵

在俄國聖彼德堡和莫斯科，我們被建築物的大氣魄震懾；在莫斯科，最沒想到的是連地鐵也成為參觀的節目，夠大，夠堂皇。

本來這一年的出遊，我建議只是俄國一國就足夠，可香港旅行社的旅遊線，習慣上是將俄國和北歐的丹麥、挪威、瑞典和芬蘭四國連在一起的，前後共是十三天。考慮到我們不可能專程去遊覽北歐那幾個小國，因此放棄了專程遊覽俄國的計畫。

俄國是我很想去看看的，不僅僅在於它屬於大國的大，還在於它文學的博大。歷史悠久深厚、土地廣闊的大國，孕育了傳統優秀、傑作如天上繁星閃爍、大文豪輩出的國度，單單

這一領域，就偉大得叫人觀之炫目。

踏上俄國的土地，心情比較激動。我六十年代到七十年代在內地，所有中蘇的友好和恩怨細節，不敢説瞭若指掌，但那些緣起和大背景，我基本上都清楚，但時過境遷，都化為輕煙消逝在歷史的殘頁裏了。

俄國甚麼都大，地方大、建築物大、皇宮大、廣場大，我忽然想到了以它為假想敵的對手，難怪對它畏怕三分，而且非千方百計將它分化瓦解不可，果然它就那樣解體了。殊為可惜！我真不明白為甚麼到今天還有不少人將它妖魔化。

俄國雖然解體了，但餘威仍存，還是大得叫人尊敬。猶如僵死的百足之蟲，軀體依然大得蟻輩們搬不動。何況它沒有僵死，今天普京那個俄國漢子，不還是令對手感眉頭痛嗎。

言歸正傳。

參觀莫斯科地鐵，團友都感到非常興奮，心想，必定有其可觀之處，不然不會那樣鄭重其事。一看，喜悅超出了預期！如果說香港的地鐵新而現代，倫敦的地鐵最早而有些舊了，日本的地鐵網密而實小，蘇聯則浩大寬敞而堂皇了。走進莫斯科不同的地鐵站，都像走進不同的宮殿、在富麗典雅美麗的藝術宮殿迷失，簡直不相信，地鐵會建造得那樣美！導遊說，其營運長度僅次於英國。莫斯科地鐵在一九三五年開通，據說可以供給至少四百多萬居民掩蔽之用，實屬驚人。導遊帶我們一站站地看，發現站站不同，風格迥異，都有不同的著名建築設計師設計。那色彩美麗、紋理天然的大理石，那些巨型花崗岩、那玻璃鑲嵌的各種精細雕刻、浮雕和壁畫，甚至燈飾，都不亞於皇宮，最特別的還是這被稱譽為最美的「地下藝術殿堂」的地鐵站，多數以名人、歷史、政治事件為主題而建造。不少頂上還繪上了大型圖案。我將一些頂上圖案、大氣的燈飾拍攝下來。我想像着有一天，在某一站設宴宴請各國代表，實在也是夠體面的，也想像着戰爭爆發時四百萬人在地鐵掩蔽的情景。四百萬！那就是半個香港的人口了！

大國的地鐵真是了不起！交通措施那樣藝術化，真是大開了眼界哦！

冬宮觀畫

北歐俄國遊，我來不及做旅遊「備課」，以致不知道聖彼德堡冬宮大名鼎鼎，記得歷史課本只是讀到「十月革命一聲炮響，俄國改朝換代了」，這一聲炮響，據說就是「攻打冬宮」（有爭議，一說沒有炮打，是不流血的革命）。那是一九一七年十一月七日阿芙樂爾號巡洋艦的炮擊，接而佔領。一九四零年至一九四三年冬宮遭到德軍的圍困和破壞，但德國法西斯沒有戰贏。

旅遊中的「冬宮觀畫」，真正的是在我腦子裏的「一聲炮響」！我才知道聖彼德堡冬宮（成為艾爾米塔吉博物館的一部分）和倫敦的大英帝國博物館、巴黎的盧浮宮、紐約的大都

會藝術博物館被譽為世界四大博物館。如今四大博物館居然有幸參觀了其中三館，真不枉來到這世間走了一趟，滿足了最大的眼欲。這一次，還算看得較為詳細。以前巴黎的盧浮宮被大力宣傳，冬宮資料較少，可見輿論不是很公平的。

暢遊涅瓦河時，就看到冬宮屹立在涅瓦河沿岸，巴羅克式的建築樣式顯得非常雄偉壯觀。淺藍色的牆身鑲着金邊，三層式建築不高但很長，成為涅瓦河上最美的風景。廣闊的涅瓦河，雄偉的冬宮，構成了俄羅斯最令人無法忘懷的偉大、美麗風景，伴隨着我一長列旅遊的夢。

冬宮外的廣場很大，中央豎立着擎天一柱，這就是亞歷山大紀念柱。其高有四十七點五米，直徑四米，重六十頓。最頂端雕塑着手持十字架的天使，腳踩着蛇，表示戰勝敵人的含義。

聖彼德堡建於1703年，冬宮也初建得很早，1721年至1762年就定下規模，從建好一直到1917年近兩百年間一直是作為俄國的皇宮。彼得大帝的女兒伊莉莎白（1741-1761）將它當皇家博物館，修繕有功；葉卡捷琳娜二世女皇（1762-1796）將它擴建，但那時還是屬於私人博物館，她向外購買了225幅畫。那時候館內就擁有了2000幅畫、16000枚硬幣和紀念章，3800冊圖書以及16萬件藏品，最有趣的是她還和伏爾泰（1694-1778，法國著名思想家、哲學家和文學家）保持書信來往，還向他購買了7000冊圖書。如今整個冬宮的展品多達270萬件，其中繪畫佔了15000幅、雕塑12000件、版畫、素描62萬幅、實用圖案26萬幅、紀念品100萬枚、出土文物60萬件。有展品的展覽廳多達350間，藏品分原始文化史、古希臘羅馬文化與藝術、東方民族文化與藝術、俄羅斯文化、西歐藝術史、錢幣、工藝7個部分，就分佈在這350個展廳裏，行程走得完的話長達30公里。真是驚人，令人歎為觀止。

還有一個有趣的數字是，有人統計，冬宮所有的房間加起來有1057間、1866個門、117個樓梯以及1945扇視窗。最驚人的是冬宮的裝幀建築極盡豪華之能事，不但外觀色彩柔和悅目，內裏一路壁畫和雕塑，美不勝收，可以說從地板的花紋挑選到天花板的雕花刻草講究，從牆壁的裝飾到傢俱的名貴，不少都鍍金飾銀，還有那些皇帝皇后的綠寶石寢宮、水晶宮，都令人歎為觀止。

我們慢慢地看，慢慢欣賞，照相機忙得不得了，拍攝了許多。我相信每一幅油畫和雕塑，都有故事，可歎幾百年前的油畫解讀，除非您是搞研究的專家，否則，都無法瞭解其中的真意。不過。慢慢也可以從藏品大量畫面或雕塑的內容和風格讀出一些東西來。十七、十八世紀的女性，被尊重，被欣賞，成為社會的中心，她們的母性、美麗、曲線美都被強調到一種極致。當然，女性，也成為上層社會的議論中心，爭奪對象。其中有一幅，那是戰爭的肉搏場面，騎兵和馬匹化為一身，女性成為爭奪的獵物，屬於重要的戰利品。還有一幅是男女在房間交歡，右面一個老太婆無意間闖入發現姦情，這當中有怎樣的具體故事？耐人尋味。在不少油畫畫面上，看得出，一方面，女性純潔如天使，被呵護被尊敬奉為女神；另一方面，女性的曲線和肉體被崇尚被崇拜，大部分都是赤裸的，以豐乳肥臀為美，與今日追求女性的隆胸蜂腰盛臀大異其趣。再一點就是，女的肉山臀海，男的幾乎都是「肌肉男」、虎腰熊背，也可以看出那年代上層男女的淫靡生活成風 。不少油畫的宗教氣息很重，看得出信仰的被尊重。

走出冬宮，感慨萬千。早在明清期間，俄國已經是一個文明大國；可是因為陣營的不同，冬宮的宣傳，遠不如巴黎的盧浮宮。我在想，我們後人有時也真矛盾。就在我們一方面批判歷史上那些帝王奢侈鋪張浪費的同時，我們也在對他們留下的文物文化遺產引以為傲，不但如此，他們留下的東西，還作為旅遊的大資源，替國家賺取可觀外匯。沒有了類似冬宮的博物館，我們又可以看看甚麼呢？

二零一六年七月二十八日初稿

涅瓦河結緣

二零一六年六月二十三日，我們到了聖彼德堡，暢遊了涅瓦河。這條僅七十四公里的河流，雖然不長，但重要，流經聖彼德堡的部分約佔二十八公里，兩岸雄偉建築盡收眼底，其美，僅次於法國的塞納河（七百八十公里），看橋樑，看建築物，都覺得賞心悅目。

涅瓦河雖然不及俄羅斯的母親河伏爾加河（三六九二公里，也是歐洲第一長河流），但聖彼德堡（也即列寧格勒）因它而美。正如對人的一生評價一樣，生命，雖短，但精彩！不要長而平庸，要雖短而好！涅瓦河就是如此，好美啊，景物的雄奇、藍天白雲的襯托以及橋樑的裝飾，都那麼相得影彰。涅瓦河自東向西流，最後注入芬蘭灣。比起世界最長的幾條

河，如尼羅河（六七五零公里）、亞馬遜河（六四三六公里）、長江（六三零零公里）、密西西比河（六二六二公里）、黃河（五四六四公里），它是那麼短得微不足道。但如多瑙河（二八五七公里）一樣名氣不小。

喜歡涅瓦河的俄羅斯人很多，男男女女老老少少俄羅斯人和各國遊客走過涅瓦河身邊，有的依偎在河岸的圍欄欣賞河流、談談心，有的行色匆匆只是走過。

我們二十幾個人的團，上船後都爬上甲板，坐在排好的椅子上。大部分人都搶坐前排，似乎佔了地利。我和瑞芬本着忍讓、他人優先的習慣，坐在最後排。身旁還坐着這一次單獨出遊的麥小姐（Flora Mak）。這時候拍照，我見到不少團友慌着一團，畢竟有不少困難。您是拍人還是兩岸的景物？拍人？正逆光，人的面部一片黑；拍景？船正在搖晃。以涅瓦河為背景拍人談何容易？企圖說明「我曾經到此一遊」？看來要成為泡影了！何況，拍照者非站起來不可，否則就會被前幾排站起來的「人牆」擋住，這是一方面；更可怕的是你不能站太久，前面不時會橫來一座橋，橋高度比人頭還矮，一個不留心，頭顱已經被斬斷。難度很高啊。我拍了兩岸景物，也拍了在涅瓦河身邊走動的路人眾生相，如果無法為同行者尤其是另一半與涅瓦河留影真是心有不甘，除了瑞芬會掃興，這次結緣的麥小姐也很無助失望。瑞芬多次交代我，麥小姐一個人出來，你要多幫忙她拍照。

機會還是來了。遊船這時轉了一個彎，陽光不怎麼強烈了，剎那間，瑞芬、麥小姐坐的那個位置突然變化了，正處在一片非常柔和的光線中，我來不及用照相機，就趕緊用手機鏡頭瞄了瞄，興奮得幾乎大叫，天助我也！鏡頭裏呈現的美麗畫面，太驚心動魄了，簡直如油畫一般！最妙的是原先不佔地利的我們，這時環境來個一百八十度轉換，最後一排的瑞芬和麥小姐後面就是船舷，再後就是涅瓦河的河水，我不但可以沒有干擾、沒有阻礙物地拍人和涅瓦河，而且光線很好，我可以站在中間比較寬鬆的地面上，操控調節我手機的角度。我高興地對着瑞芬大叫「快、快、快」後，也叫麥小姐聚集攏來，先為她倆合照，再為她們分別照了相。真的效果很好，鏡頭裏的瑞芬坐姿輕鬆，面帶微笑，優雅自然，背後的浪花非常有質感，景物處在午後的陰陽兩色之間。麥小姐穿白色外套，黑眼鏡，短髮，微微笑，風度綽約，也一樣那麼充滿舒適感。我事後很快傳給她，我說妳背後的水很有層次感，人也拍得美。麥小姐也滿意，回復我說，「那麼我就用它做封面了，不要浪費你的佳作」。

在這之前，我們其實已經與麥小姐結緣，她事事不搶先，性格內斂，早餐一個人靜靜地吃，斯文淡定，文化涵養不低，微信文字很好，待我們友善。這一次因為涅瓦河，進一步結緣。許多團友同行，散團後就緣斷緣盡，人一走，茶就涼。和麥小姐迄今保持微信聯絡。

我發微信給她，她說：「謝謝你們仍記的我。」我說：「記得啊！涅瓦河結緣。」

向作家致敬的俄國大酒店

在北歐俄國十三天遊的最後四天，我們的行程安排到聖彼德堡和莫斯科遊覽，最後兩天住在莫斯科的阿茲姆特奧林匹克酒店（Azimut Olympic Moscow）。這家酒店令我們感到有意外的驚喜，首次眼界大開。

當然，驚喜不是因為它擁有雄偉的外觀，不是因為它擁有四八六間客房、被評為四星級，也不是它有寬敞的大堂，緊鄰奧林匹克體育中心和葉卡捷琳娜公園，位於市中心，離克里姆林宮和紅場只有十五分鐘的車程。酒店對面，還有一家超市，面積很大。這樣的條件很多酒店都可以具備。

當然，眼界大開，更不是因為它床褥舒適，乾淨寬敞、窗外風景好、早餐豐富、網路免費之類，這在不少酒店也不難辦到。

最叫我們感到特別的是，我們住在十樓，居然看到酒店有兩列平行的走廊，非常特別，而且在走廊牆壁上掛滿了鑲在玻璃鏡框裏的圖片。最初我沒留意那些圖案是甚麼內容，後來出出入入上上下下好幾次，不經意間居然看到了托爾斯泰、契訶夫和高爾基等幾個人的畫像，才微微吃了一驚。這幾位俄國大作家，面部輪廓分明，形象突出，可以一眼瞧認出來。我接着趕緊回房間取了相機拍攝，一面欣賞，一面拍攝，發現圖像既有作家的肖像，如萊蒙托夫、屠格涅夫等等，也有蘇聯文學裏的大量插圖，黑白的、彩色的都有，除了近代文學，還有童話。例如《安娜•卡列麗娜》、《復活》、《一個漁夫和金魚的故事》、《套中人》、《靜靜的頓河》等等……可惜時代久遠，許多閱讀過的記憶已經從腦海裏抹去了，無法記起。在等電梯的大堂，牆上

還掛着一幅有許多俄國作家肖像的大圖案。

俄國是疆土大國，也是文學大國，俄國文學對中國讀者影響巨大。我們這一代人當年就是吸收俄國文學乳汁長大的，如《復活》、《靜靜地頓河》、《白夜》、《貴族之家》、《上尉的女兒》、《鋼鐵是怎樣煉成的》、《契訶夫小說集》《普希金詩歌選》《木木》《屠格涅夫散文詩》等等，都是當時我們在學生時代的心頭好啊！俄國文學氣魄浩大，氣勢很足，不但寬廣而且深厚深沉，這也是令我對俄羅斯大為好感的原因。

在地庫早餐餐廳外的一個中廳，也有不少藝術風景照片掛在牆上。我喜歡這種藝術氣氛，與瑞芬輪流拍照，有個餐廳經理見狀主動為我倆拍攝，我也為她和瑞芬拍了一張。

這家以作家的肖像和俄國文學作品裏的插圖做裝飾的俄國酒店，真惹起我的很大好感和極大敬意。我在猜想酒店老闆多多少少應該是一位熱愛文學的人，否則他不會以作家及其著作插圖做酒店的主要裝飾。在我的旅遊故事中，這種特別酒店，堪稱第一次遭遇。

挪威的雪山和峽灣

哇，哇，哇……火車一路奔馳，伴隨着團友的一陣陣驚呼！

一陣陣驚喜的呼喊，隨着火車在小站的停歇而發出，哇，哇，哇……

在北歐俄國的十三天旅程中，數這從挪威支盧到峽灣一段旅程最美。

小時候對挪威的認識僅止於郵票上的外文國名。而後知道他們的福利好，國民人均收入排在世界前列。如此而已。完全沒想到地球母親如此慷慨，將一個國家最美的自然風光都奉獻出來，而且一下子集中得那麼多！紅色列車、小站的紅小屋、藍天、白雲、白雪、綠樹、青水……像老朋友般一起攜手來迎接你，怎不叫人驚喜萬分！？

我們從丹麥的首都哥本哈根搭上一個晚上的船到了挪威的首都奧斯陸，參觀遊覽了一天，下午就乘了三個半小時的車程到了支盧（Geilo），住了一宵，果然天氣比較寒冷。北歐幾個國家，在六月的夏季裏，只有十幾度，晚上十時後才天黑，所謂的黑，絕對不像其他國家城市那種漆黑，而只是略黑，呈現一種沉靜；早晨未到四時多就天亮了。

六月十九日，我們終於搭上了從支盧途徑弗拉姆（Flam）到松恩峽灣的精彩旅程。挪威列車往四千多米的高山奔馳，鐵路還要穿過兩百多個擋雪的隧道。一路上一會是森林湖泊，一會是積雪高峰，車程長達兩個半小時，我們沒感覺到越走越陡，但據說在世界上其鐵路的傾斜度排在前幾名。這一條鐵路兩邊的風景全都是「挪威之最」，就像一位美人，穿衣有穿衣的風姿，裸露有叫人怦然心動的曲線之美，挪威最美的，全都向你展示了。

精彩之處是挪威的這高山你並不覺得其高，又處在「盛夏」，沿途的崇山峻嶺居然積雪處處，好似處在冬季，遠看很美，卻沒有寒冷的感覺；精彩之處還在於高山峻嶺上是一派殘冬景象，我們的頭上天空卻是藍天麗日，晴朗得銷人魂魄，那３D般立體的大朵大朵白雲沉甸甸的，彷佛有重量似的停留在半空中，也好像有哪個巨人抓住一支如椽之筆蘸了白漆塗抹上去的，是那樣不協調中又顯得協調，強烈的景物色彩吸引着所有遊客；精彩之處還在於那些高低不平的山峰，有些就如舊時冰川遺留下來的，尖削鋒利，有的卻如高原，渾圓平坦，斑斑殘雪，白白雪光、白白雲朵，將人身上穿的彩色衣裳襯托得相當突出。

哇，哇，哇……火車一路奔馳，伴隨着團友的一陣陣驚呼！

一陣陣驚喜的呼喊，隨着火車在小站的停歇而發出，哇，哇，哇……

終於我們抵達了一個小鎮。各地遊客很多，我們在此吃自助午餐，餐後開始了乘搭遊輪暢遊美麗的納柔依峽灣。這峽灣很美。藍天、白雲、綠樹、青水，集了大自然顏色之大全。在甲板上不斷傳來了各地遊客的驚喜呼叫。可惜甲板上的遊客太多，很難拍攝到背景比較安靜的照片，總是那樣地人頭湧湧。天空上的海鷗非常多，牠們飛得很低，居然不怕人，還飛到遊客的手掌上，啄起食物又飛走。

遊輪前方的天空像一幅油畫，最叫我感動。

是的，在大城市生活久了，我沒有見過那樣的像油畫一般不真實的海、陸、天都這樣美、色彩那麼濃烈的三合一風景。海峽兩邊都是高山峻嶺，依稀可以看到終年的積雪；那海水是那樣的清，靜靜地伏在兩邊的山峰中，多時我要找山與海的「合照」，還得到網路上找，而今那麼輕易地呈現在你眼前，不止于此，前方，還有蔚藍的天空和雪白的雲彩非常炫目地橫在我們的視野裏。由於太亮，站在這樣的背景前，靠在船舷，那就是逆光，人臉就處在陰暗之間，非得等到船轉彎，背景角度轉換不可。風景太美，令我想起了當年到日本的高千穗農場，首次看到天空飛動着美麗彩雲的驚豔感。

哇，哇，哇……遊輪慢慢行駛，伴隨着甲板上團友們的一陣陣驚呼！一陣陣驚喜的呼喊，隨着美好景色的轉換不斷發出，哇，哇，哇……！

我們向藍天白雲致意。
我們向高山致意。
我們向大海致意。

解讀生命之美
——遊覽挪威維格蘭雕塑公園

二零一六年六月北歐俄國之行，最大的收穫之一就是參觀了位於挪威首都奧斯陸的古斯塔夫•維格蘭（GUSTAV VIGELAND,1875~1948）人生雕塑公園。最初在行程表上雖然列了，但孤陋寡聞的我，不知道它竟是如此壯觀。六月十六日從香港飛新加坡，再轉飛丹麥，抵達哥本哈根當晚乘船到挪威，第三天清晨就抵達挪威首都奧斯陸，導遊馬上帶我們來這世界最大的維格蘭人生雕塑公園遊覽參觀。驚喜得有點措手不及之感。

我喜歡欣賞藝術雕塑，那是雕塑家一生的心血。年前在南京大屠殺受難者紀念館外看那些慘不忍睹的雕塑，多次被感動得眼睛熱濕流淚。正如小說家對人性、人生、生命和生死的詮釋都寫進小說一樣，雕塑家對生命和人生的解讀也全部寄託在一座座雕塑裏，傾注了塑造家喜怒哀樂的複雜感情。

維格蘭雕塑公園最讓我震撼的是其範圍之大和雕塑數量之多，還有佈局得那樣富有規劃性，體現出一種藝術的完美。全園面積約八十公頃，一走近門口，心緒就被一種廣闊、一覽無餘、眼界放遠的舒適感所佈滿，心想，文學藝術家的傑作可以如此跨越時空留存，也不枉生前那樣苦心孤詣地努力和勞累創造了。

最奇特的是公園具有那種一線到底的穿透力，設計得很用心思。從大門口開始就有一條約八五零米長中軸線貫穿公園始末，正大門、石橋、噴泉、大圓臺階、生死階等都以這條中軸線為中心，遠遠就可以看到那生死階上的擎天一柱直插雲天。走進大門，右側草地上立着維格蘭的雕像。這位終年七十三歲的偉大雕塑家將他的一生獻給了他所醉心的雕塑藝術。公園內如今露天擺放了一九二座雕塑、六五零個人物，大多數由花崗石、鐵、銅鑄成，前後歷盡維格蘭近乎四十年的心血（一九零六—一九四三）。據說他生前和奧斯陸政府訂有協議，政府提供給他工作場所，他也應允將他一生創作的作品全部捐獻給國家。這就形成了如今主題公園的規模，每年約有一百萬噸遊客來參觀。

維格蘭出生於挪威南方海邊一個小鎮木匠之家，父親是著名的木匠，維格蘭從小就喜歡讀書和繪畫，由於家裏貧窮，十五歲起他就要擔負起家庭生活的重擔，這使他日後的雕塑裏的男性雕塑源來很有影響。少年的他在業餘還堅持學解剖學和雕塑藝術，二十歲就開始在國家級的展覽館展出他的作品。一八九二年正值他十七歲時到法國參觀羅丹的畫室時，深受羅丹人體藝術的影響，因此維格蘭公園的雕塑幾乎都是用人體的曲線、肢體、裸體的美來表現人的一生，也就是充分表現生命的尊嚴、偉大、痛苦和無奈，堪稱淋漓盡致，感人至深。整個公園分為生命之橋、生命之泉、生命之柱和生命之環四大部分，每一部分都由雕塑群像組成，氣勢壯觀，規模浩大。

我們先走過生命之橋，看到橋欄杆兩邊對稱地豎立了二十九座形態各異的銅像，兩邊總共是五十八座，造型栩栩如生，馬上就被吸引了。雕塑中不少是男性。據說是維格蘭一九二六年至一九三三年的作品。這裏有情侶、父子、母子、兄妹、兒童、男子等，大多數是生活特寫，樣子生動逼真，男子多數體格強健，給人印象尤其深。有親昵的男女情愛，有發脾氣的小孩，有父子間流淌的動人親情……不過，由於沒有貼上解說詞，雕塑的動作也就充滿了多義性，不同的參觀者可以從不同角度和理解去詮釋。

再走下去就是很有氣勢的生命之泉。中央噴水處雕塑着六個強壯的男人共同托起了一個巨型託盤，象徵着男子對我們世界和生活壓力的承擔。噴泉周圍有五組「叢樹雕」，呈青銅色，造型相對那些大理石雕塑，顯得較為「骨感」瘦長，都與樹幹連接，包括了活潑天真無邪的兒童、熱情奔放的青年、艱苦勞累的壯年、臨終垂暮的老年等等，在噴水池的四壁，還佈滿了刻繪人類從出生到死亡的浮雕。

第三部分是圓臺階，中間最高處就是那十七米高、重二百七十噸大理石雕成的生命之柱。周圍佈滿了三十六座（組）雕像。這些雕像都是人體裸雕，從小孩到男女、老人都有，雕塑裏的女性造型儼然和印尼峇厘島崇尚蜂腰盛臀不同，都是胖腰豐乳肥臀，純粹是十八十九世紀歐洲的女性美的審美觀。最感動的是那些兒童和父母嬉戲的組雕，充滿了濃郁的親情，男女愛情純潔美好，完全沒有色情感覺，而老人的孤獨歎息，令人無奈感傷。最喜歡的是一組「孩子山」，無數個孩子組成一個生命充滿喜悦和歡樂的畫面，我用作我博文《撿拾人性失落的珍珠——童真而不懈努力》的題頭圖。

擎天一柱——生命之柱，最震撼人心。它的別名也叫「生死柱」，據説耗費了維格蘭十四年的心血才雕成。不高的、只有十七米長的大理石柱沒有銜接之處，居然密密麻麻地雕刻了一百二十一個男女老少的裸體雕像。造型旋轉而上，看了驚心動魄。如果放大來看，大概每一個人體都有他（她）專有的生活故事吧！從下面仰看，但覺造型神奇，都是傾斜而上，都是浮雕，有嬰孩、青年、披頭散髮的婦女、瘦如枯柴的老人，他們似乎是在掙扎着陡斜向上通往天堂之路，既互相傾軋又互相扶持，辛苦而無奈、絕望而痛苦，那樣的旋轉一一呈現在這表現力特強的生死柱上。真是看了叫人驚歎！讚賞！

最後是生命之環，象徵着人生的生生不息，可惜我們時間不足，沒法走到最末端，就得往回走了。

偉大的維格蘭，為世人留下了一座生命教育的露天公園，讓人體驗到生命的價值，生命的美好，人生的過程，生死的交替，體驗到愛、親情和友情是甚麼，讓人無限珍惜。這些永恒的東西，都以情維繫，長久而永恒，一直到天老地荒。

我很相信感情這回事，正如喬伊斯臨終感言，一切有價的身外物都可以放棄，只有無價的對親愛者的感情是他唯一的不舍。

僅是這短短的一個多小時，北歐行就完全沒有白費了，非常值得！

北歐兩度乘郵輪

從家居的窗，常常看到不知哪一個國家的大郵輪從維港緩緩駛過。朋友都說乘郵輪環遊一些國家很不錯。可是就一直等不到這樣的機會。沒想到二零一六年六月的北歐俄國遊，居然海陸空交通工具都出齊。其中兩度乘郵輪，感覺都很不錯。一次是從丹麥到挪威，一次是從瑞典到芬蘭，兩次都是下午四點半上船，一直到第二天上午九時許到十點上岸。

搭飛機旅行一年多達十幾二十來次，可是乘大郵輪的機會始終很少。六十年代北歸，搭中國的大輪船，需經爪哇海和南中國海，大輪船從印尼爪哇島的雅加達啟程，航行了六七天才到達廣州。我們睡的是大艙，相當於浮動的大通鋪，哪裏嘗得到睡客房的味道？雖然這一

次挪威的這大郵輪，給我們睡的客房條件一般，空間也不大，猶如香港那種小賓館的迷你房間，兩張單人床擺下去，中間一條窄窄的通道就沒啥空間了，連洗澡房也是僅可容身，但這十幾個鐘頭的航程也都全是在晚上度過，都是睡覺時間，雖然不短，但絕沒有影響航程。覺得還是蠻有趣的呢。

感覺最奇特的是大郵輪前進速度緩慢。正是六月中，處在夏季，晝長夜短，晚上十點鐘居然還沒天黑，清晨末四點天已經大亮。大輪約有九層十層，除了地下幾層，乘客都用升降機升降、出入，倒是很方便。房間裏沒有網路，但餐廳、超市那幾層網路很強，聯絡、上網完全沒問題。

最好的、值得一讚的，是兩頓早餐、兩頓晚餐，食物都足夠豐富，雖然我們對吃的不苛求，但美食當前，對那些沒嘗試過的食物，少不免感到新鮮好奇，都信心飽滿地慢慢地欣賞。餐廳的面積也夠大的，但為了預防擁擠，售票處都會安排好輪流分批進餐的時間，不至於搞到水泄不通，還是蠻有秩序的。西餐常見的牛扒、豬扒、雞扒，各式火腿、香腸、麵包；日本常見的壽司、

三文魚，天婦羅；東南亞常見的沙嗲、炸雞翼、辣椒；北歐挪威出產的豐富的三文魚、鯖魚、各種魚類；中餐常見的四季菜蔬、菇類，麵條；都應有盡有。幾餐都是自助餐，任你吃個飽。吃飽還可以慢慢地品嘗水果、飲咖啡，朋友間天南地北吹個天花亂墜，絕對是很適合的場合。

大郵輪上還設有超級市場，東西賣得不貴。芬蘭、瑞典、挪威這些國家都盛產花款繁多的巧克力，價錢公道。我們買了不少當手信，帶回港大受兒女媳婿的歡迎！有人說，到了北歐，才知道甚麼叫着貨真價實。我們看到在超市里竟然也有瑞士錶出售，款式漂亮，比香港便宜很多，許多團友都買，我們也不甘後人，買了一對男女錶。到了這時候，我們才會感覺到，錢，準備多一點，肯定有備無患；行李箱，準備大一點，也肯定不會錯的。

在大郵輪上，看到很多大陸遊客。到處都是出來旅行的中國團友，這在以前是不可思議的：而今，一下子湧出來那麼多，實在夠驚人的。

出遊，不僅僅是與個人的經濟能力有關，也是一國國力的體現吧！

德國博物館小記

東歐之行的最後兩天，行程安排遊覽德國，我們都感到很興奮。德國是重要國家，與俄國一樣；可惜我們兩度歐洲遊，都只是聊備一格。俄國被安排在北歐遊最末幾天，德國被安排在東歐遊，也都排在最後，而且天數有限。遊覽德國主要是柏林。柏林圍牆和有關對第二次世界大戰的反省，都是我們很期待，很想參觀和瞭解的。早就不斷地看新聞，知道德國在二戰時期雖然和義大利、日本結成同盟，但戰後和日本對罪惡的、不義戰爭的態度迴然不同。日本是躲躲閃閃，拒不認錯，甚至否認有南京大屠殺一事，而德國則面對現實、真心認錯和深刻反省，與日本的固執完全是兩個極端。

德國博物館就是最好的例子，也是反省最好的典範、了解二戰的最佳課堂。。

德國歷史博物館創館於一九八七年，二零零四年著名建築大師貝聿銘先生設計的博物館新翼完成，從此，德國博物館由新舊兩部分組成，即舊的、建立於一六九五年的柏林軍械庫和著名建築大師貝聿銘設計的博物館新翼連接而成。前者經過修復，面積有七千五百平方米，後者、貝氏設計的新館有二千七百米，總稱為DHM。舊館用於長期舉辦德國兩千年的歷史，新館則分工舉辦各種專題展覽。這個可以容納八十五萬件展品的博物館，成了德國頗具分量的第一流的文化新景點。

雖然外面下着淋漓暴雨，三十幾名團友還是專心地聽取當地導遊對博物館的詳細介紹。我們參觀的主要是二戰的部分。無疑，展品、資料非常豐富，從這方面也顯見他們國家對第二次世界大戰的懺悔和反省程度。大量的漫畫海報、黑白、彩色照片、實物、文字、模型、塑像等等的呈現，不但全方位地展示第二次世界大戰的始末，而且態度客觀、立場鮮明，體現了對發動罪惡戰爭的希特勒及其納粹黨的否定和批判。最難得到還是珍貴的照片和展品任你拍攝，體現了一個戰敗國的誠懇懺悔和襟懷，含着希望廣為人傳的善意。不像日本，在國際的大壓力下，承認錯誤依然像琵琶半遮面，國內除了自己受害的部分（廣島、長崎受原子彈之害）才有紀念碑、展館之類，其他罪惡的痕跡被抹得幹乾淨淨。

展館內容很豐富，尤其是對像我們剛好在第二次世界大戰結束時出生的人，親歷戰爭帶來的物質匱乏、社會蕭條的後遺症之害，自然對發動戰爭的罪人感到深痛惡絕，因此博物館內的說明文字雖然都是外文（德文、英文），但心有靈犀一點通，憑着形象這無聲的語言，也可以解讀個十之七八。

有些展品給我印象很深。例如，納粹黨黨魁希特勒的照片、漫畫、塑像多次出現，死魚般的雙眸，陰冷的面部表情，嘴唇上的膏藥髫鬚，落向半個額頭的頭髮，標準式的四十五度高舉手等等，還有他那本原裝的、紅色封皮的自傳式著作《我的奮鬥》，赫然擺在玻璃櫃內。我們還看到了他演說時群眾狂熱地歡呼的場面，從而聯想到個人崇拜帶來的情緒瘋狂以及所轉化的破壞性力量多麼驚人和可怕。

我們看到了著名戲劇演員卓別林面對一個地球儀，目露欲吞噬全球的浪子野心的模樣，頗為生動。這應該是電影《大獨裁者》裏的造型。至此，展覽，已經不僅止於從現實的層面去反映歷史，還從文化藝術的角度去描述如今漸行漸遠的時代。

對二戰中德國納粹的罪惡展現，還有一組迷你縮小型的雕塑，最為深刻成功。那是集中營的反人類罪惡展現。數以千萬計的的無辜百姓被集中起來，然後被集體驅趕到地下室，再用火焚燒消滅，被火燒死的人臨死前的吶喊、驚恐、慘叫，雖然是無聲的，但通過那百般的表情，令人如此難忘。餵奶的母子、無告的老人、天真的孩子⋯⋯都是那樣令人過目難忘、觸目驚心啊。

當然，戰爭帶來怎樣的災難、危害有多深，博物館也提供了不少鐵證。有一副畫，前線的士兵回來，在冬天的寒冷季節裏沒有了一隻腿，穿着大衣走着，只是一個背影，已經叫人刻骨銘心了。還有一幅畫是無數群眾在排隊輪候救濟物品。另有一幅照片是聯軍的飛機發放救濟物品，玻璃櫃裏還展現那些罐頭樣板和其他物品。這幾種展品和圖畫，相當有力地證明了戰爭給人類帶來的是傷殘、飢餓和社會的動盪不安。

最令人感動的是，德國歷史博物館對當時敵對力量、其實正是正義力量的蘇聯、英國、美國、法國也能正確對待，例如對於蘇聯領袖斯大林、英國首相丘吉爾、美國總統羅斯福三大巨頭的會面黑白照片、蘇軍攻克柏林的照片等等，都赫然張貼在最當眼之處。最令我感興趣的還是那些大量漫畫海報，正反面的意涵和宣傳都有，如實地呈現當年兩種力量的決戰。有一張是四隻手聯合起來將納粹標誌撕毀，簡單有力。

花了一個多小時參觀德國博物館，相信也只能是走馬看花，行色匆匆，但是對他們那種正視歷史、面對歷史、認真客觀、鐵面無私的精神實在太令人嘆服了。最後，我們走到展館的「尾聲」，那是一堵大牆，據説搬自柏林圍牆。我為瑞芬拍了照。「圍牆」本身象徵性很強，人為的分治始終是要不得的。網絡的介紹文字我覺得介紹得很好：「一九八九年十一月九日，柏林圍牆倒塌，東、西德統一，該事件也在東歐引發骨牌效應，民主浪潮席捲前蘇聯集團，成為東歐蘇聯解體垮台的起始。新東德政府開始計劃放鬆對東德人民的旅遊限制，但由於當時東德的中央政治局委員Günter Schabowski對上級命令的誤解，錯誤的宣佈柏林圍牆即將開放，導致數以萬計的市民走上街頭，拆毀圍牆。此事件也成為「柏林圍牆倒塌」，雖然圍牆不是自己結構倒塌，而是爾後被拆除。一九九零年十月三日，德意志民主共和國（東德）加入德意志聯邦共和國，德國完成統一。」

德國博物館確實比德國任何景點都值得一看，回顧和溫習歷史，我們就可以明白，掩飾、偽造或否認歷史事實，是多麼可笑和要不得啊。

生命啟示錄

空車

溫暖的午後我們看到了嬰兒車，停在海濱的一角；空空的嬰兒車，小主人不知去向，也許讓母親抱到草坪上曬太陽去了。連海風也帶着春天資訊的下午，我們看到了一輛空車，頓悟到所有嬰兒最終都要走下車子，長成巨人，只是遲早。

無聲的對語全靠眼神的交流，天生的血緣猶如安神劑，那徐徐海風的吹拂難道竟然就是一張厚薄恰到好處的被毯？

一個午後，在紅磡海濱大道，另有一個嬰孩坐在小車裏，沒有安睡，癡癡地望着手捧飲料的母親；一個太陽露臉的冬季，在海邊，這一對母子緩緩地從我眼前飄然而去，讓我想起了人類子孫的延續，世世代代，就是這般無窮。

跌跤

時光的年輪，就是這樣地轉着圈圈，就像孩童轉着兩輪或三輪的小車，不旋踵，轉了一圈又一圈，彷佛幾個旋轉之間長大了！。

從孩子的遊戲時期，我們不斷地跌倒、爬起，跌跤，又爬起；從學走路那時候就開始，我們不斷地跌倒爬起，爬起跌倒又爬起，直至少跌倒，……一直到年老，我們最忌的不再是心靈的挫折，而是身體的跌跤了。

少年

少年最是無憂，在人生的大道上横衝直撞，快速奔跑，不怕天，不怕地，最怕不爭第一。

少年最是朝氣蓬勃，不需瞻前，也不必顧後，總是向着目標勇往直前。

少年也是最美好，跨開的雙腿開幅最大，如飛一般，綁辮子的，束馬尾的，演繹着少女的健美和青春，戴着眼鏡的少年在後面緊緊地追，猶如當年我們一起追着戲嬉奔跑着的女孩……

勁跑

少女時代，意氣風發，上蒼給予健美柔軟的身材，抓住了所有愛好美的人的眼球；少女時代，也最為美好，像一朵含苞欲放的花卉，等待最燦爛的開放。

從青澀慢慢走向成熟，興奮地奔向憧憬的未來，也是那樣無所顧忌，最後是令人驚愕地一路瘋長。

強壯

進入壯年後，每一步都要穩重，每一步的邁出得很艱難，但每一步都需要健壯有力，不輕易做出決定，但一旦決定作出了，就不回收，無怨無悔。

不要嘲笑年紀漸長後的瞻前顧後，一旦跨步就是百年身，一旦出擊就是海角和天涯，勝利的輝煌和粉身碎骨本就是同義。

偕老

很難闡釋「偕老」的真正含義，那一天，看到一個老伯伯以緩慢的速度推着衰弱的老婆婆。忽然一切都頓悟了。覺得所有新人的親密結婚照都沒有這樣的畫面美麗，這難道不就是我們理想中的「攜子之手，與子偕老」最佳的注釋嗎？

這個畫面感動了我很久，當海風的呼呼淹沒了所有的對白，我自然也知道那種心音的呼應和交流，只在兩個人之間進行。

照顧

那個交換戒指的儀式彷彿還在昨日，觀禮的親友和賓客的熱烈掌聲依稀破空而來，轉眼間，我們已經不知走了幾許路程，走在夕陽斜照的大道上。

都說無論發生甚麼情況，都要照顧對方的一生，哪怕世界快要終滅，我們依然相伴，不求摘取婚姻長路上的金牌，但求看盡沿路的花紅柳綠，然後互相扶持走完生命的旅程。

紅磡海濱暢想

大道

沒有季節的大道演繹着人的春夏秋冬，一邊是花卉和草坪的展示，一邊是海水的不息動盪，隨着星河的運轉變換着色彩。　遙想過去這兒都是海洋，被巨口蠶食之後，海港越變越窄，高樓越起越高，猶剩最後的大道連着彼此，你望穿月落日升，我看盡世道滄桑。

夏季裏豔陽高照，天空明淨，海水猶如倒下了萬頃藍色素；萬物明澄，清洗得雙眼晶亮。萬里高空毫無點污，唯有幾絲白雲臥躺在高樓頂上，像是夢幻裏渾身潔白的胖娃兒。

碼頭延伸入海，似是陸地的一條長臂，對岸港島白花花的清晰如繪，斜斜望過去就是久違的鯉魚門。

風帆

無風無霧的日子，對面香港島的鋼骨水泥形態太清楚，感覺卻又如童話般那樣不真實，一列積木城堡般地展開，猶如現代建築的露天博物館，誰又會想到它曾經承載過百年來過於沉重的屈辱歷史。繁忙的海港看得眼睛疲倦，突然，掛着紅色風帆的漁船闖入畫面，不太和諧的古老和現代，於是成就了這樣一幅維港風情。

望海

從哪個時候我們就望海？總是想像着海的彼岸在哪里？總有無數疑團在心底翻滾，這裏的海是否連接着外面的瀚海浩洋？還沒呱呱墮地前，父親就跨海闖蕩；少年時期，我們就奔海求學，壯年後，我們天天看海。

海將地球上的陸地劃分成千萬塊，大大小小；我們的親友也四散在陸地上的各個角落，有的一世無法一見，有的一別就是半個世紀，有的啊一見就是最後的永別，海洋啊，你承載了多少悲歡離愁？多少離人的淚？

孩子

呼呼的風聲擾得孩子耳根無法清靜，疑惑的眼睛，無法解讀動盪不息的大海，是從哪里來，又到哪里去？癡癡地望着、癡癡地聯想。

一股濃濃的腥味來自海水，拂動得孩子的鼻子一開一合，一陣陣的海風吹拂得孩子慵慵欲睡，未足三歲的孩子提問，海是甚麼？

垂釣

小女孩的好奇觀看，美少女的意氣飛揚，少婦的沉着應付，構成了海濱大道的和諧精緻。如果聯想，女性的一生連環圖，大約也是如此這般吧？

該不是海中有甚麼奇珍異寶，吸引着她們，一定是追逐着那魚兒被釣起的一瞬間，希望和夢想在半空中抖動時四濺的美麗金光吧。

美人蕉

不明白那個夏季，時光那樣匆匆，美人蕉的花卉衰敗得那麼快，多數已經垂頭喪氣，唯有葉子青嫩精神如故。

真喜歡了一葉有一葉的紋理，一花開了一花又謝了，竟都是那般從容。隱去了海的波瀾起伏、高低建築物裏的乾坤，眼前只有充滿了勃勃生氣的整列美麗葉子。

遠洋

郵輪，隔不久就會從窗口緩緩而過，有時是船頭向西，有時是船頭向東，想不到維港的海水竟然是那樣深不可測，狹窄的海面，感覺上闖入了一隻史前的龐然大物。

我想，遠洋上移動的屋子，每一扇窗都有一個故事，不平凡如《鐵達尼號》的劇情，平凡如我們這樣的凡夫俗子，看，連看到巨輪也如此這般地好奇。

夜遊輪

像是穿上了粉紅和雪白色間隔的花衣，獨舞於維港這大舞臺；每當華燈初上，就會看到妳翩遷的舞影。

讓外地遊客欣賞到香港的璀璨夜景，帶着美好的印象回去；一直到今天，就沒看到類似的外衣，夜遊輪啊，講究的是唯一和獨舞，馳騁了香港旅遊業並劃上了獨特的一筆。

長臂

高空伸出的巨臂最是驚心動魄，彷佛要將整個海洋抓起，控制於掌心；一棟棟海邊的建築物固然創造了億萬噸的財富，最慘的是海裏的族群欲哭無淚；大小魚兒成群結隊，驚慌失措，逃遁無路，從此失去家園。

阻礙大海的景觀只是小事，陸地蠶食海洋後，所有的渡輪都要在岸上擱淺，最後成為歷史博物館裏的一艘。

摩天

不再是單純的鋼骨和水泥，不，如今已全是玻璃幕牆；未必需要左鄰右舍，每一層都希望成為唯一霸主，擁有無敵海景，哪怕將所有比我矮小高樓的窗與海景阻擋。

抬頭望不到頂部，俯首看人人小如蟻，最重要的是視角三百六十，自家的窗如環形的精緻寬銀幕徐徐展開，坐擁大海，做時空的主人。

巨輪

巨輪開上了乾枯的海，黃埔號的巨大肚腹下就是一個大超市，地心旅行不再是幻想曲，那裏的收銀處排着幾十條蜿蜒的人龍，貨如輪轉。

巨輪成了陸上的船，夜裏彷彿燈海裏的一朵夢幻；難道是當年陸地戰勝海洋的戰利品，連巨輪都無處可逃？遂成了這兒永遠的地標。

粉紅

昨夜的粉紅依然映在天幕，簇簇華燈開始徐徐地美麗登場。所有的高低建築物都屏心靜氣，連海水也只是微微喘息，等待白天的最後吻別。

曖昧的氣氛總是氤氳着少許的朦朧和浪漫，叫人魂斷腸迴；在兩邊的花叢中靜靜攝影和欣賞，等待黑夜及其燈飾的處女奉獻。

傍晚

白天的單色調已經轉換成模糊的七彩，燈色的善變，天才地將顏色塗抹在各自合適的部分。夜裏總有些

看不見的暗色縫隙，不知道藏匿着甚麼。

散步的依然散步，推嬰兒車的依然推嬰兒車，自拍的依然自拍，來來去去的看來都喜歡這兒的廣闊，海是亙古就鋪展的，大道是現代才鋪設的，構成了一種和諧的相處。

油畫

夜的手，經年累月的磨礪，終於將夜海上的景物安排在適當的位置，塗上最適當的色彩，完成了一幅夜海的油畫。此刻白天的所有喧鬧都隱沒了，繁忙的工地在建了一半的酒店前偃旗息鼓，碼頭一片光亮，海安靜得微波不起，港島精力宣洩了一夜，也要沉入海底的夢裏。

黎明時分，只有幾十顆長橋的街燈睜着不疲倦的眼睛，深情地望着你這窗口裏深情的人兒，你的一天又開始了吧？

相處的時光

包

清晨，以為起了個太早，原來有人更早，他們開始了一日的營生，我們也開始了相處的時光。帳篷可以擋風遮雨，延伸到屋外。顧客一圍一圍的，在矮凳坐着，像是冬天飛雪時分一家子圍住火爐取暖。可不是？我們圍住的是包，是的，包子，各種各樣的包子、各種各樣的米粥。小蒸籠裏不是躺着一個個乖乖的白白胖胖的肉包子，就是站着一個個整裝待發的韭菜包子兵士。啊，當我們動手，抓住，他們就排着隊走進我們的肚腹裏的大殿來了！

蒸籠那頭，熱煙嫋嫋升騰，人面彷彿隱約在白煙薄霧中；顧客這裏，掀開的小籠蓋裏，包兒們頭頂上都在冒煙，縷縷嫋嫋，好不燙手！

早晨，我們要向這些給我們一日力量的早點致意，包，你夾，他夾，我夾，一瞬間就消滅清光。包，你吃，他吃，我吃，好快就吃個肚兒圓圓。

小蒸籠，一籠又一籠的，排着隊，從廚房走進我們的五臟廟。

清晨，我們起得早，有人更早。我們要向供應早餐的大哥大姐們致意。

美食

相處的時光總是感覺時間變快，令人萬分無奈，相別的時刻已然不能細抒衷腸，看彼此凝視的眼睛，萬般不舍，無法不黯然神傷。

是否感覺得到，時間就在交談間點點滴滴地無聲流逝？此刻我們還是談笑風生，彼此鼻息相聞；明早，句句平安，聲聲珍重，頃刻間我們人已在天涯，不知何時再見。

未到的時候已經相約作客府上，見面的時刻如約拜訪。過去從博客感受你用一個字一個字組成的柔美感情星空，如今從一小張一小張的餛飩皮上，點上一小團一小團肉泥，然後捏一捏，感受你的手藝，接受你的周到照顧，嘗一嘗棗莊人的熱情，看一看妳如何從敲鍵到抓掌勺，如何從文字的盛宴轉換成美食的創作。

那是一雙了不起的手，從前看她左手牽着李煜、李清照，右手牽着辛棄疾、蘇軾一起登場，幾乎每天清晨，坐在你的課室裏聽你的解讀，有時你已經在田園裏采這摘那，忙碌奔走；而今晚你就在客廳一點、一點泥地製作美食。

甚麼叫美食？包着豐厚「友情愛心餡」的就是最美味的美食！包不完的餛飩，停不了的嘴，道不盡的相見歡。

雨中行

傍晚時分，情調最銷魂；天色在將暗未暗之際，燈光開始像美麗的暈染，一簇一簇在水中開放。雨中，水朦朧，人面也朦朧，東湖水面也化出一片雨幕，模糊了我們的眼線。

夜晚到來，氣候驟涼；毛毛細雨，又令氣溫直線下降。冷意拂面，唯有心兒不冷。四把傘子突然撐開，像是彩色雨荷浮上了路面。昨日還在網路看她細述新居在東湖，今夕像乘上夢之翼，降落在東湖邊。仍未入夥的新居，靜悄悄地等候主人為它穿上新衣裳，好的日子，畢竟在前頭。從東湖的那頭，看得到新的建築群棟棟矗立着，湖水襯托得它像一個個不現實的夢。

雨中行，多少夢想仍是那麼朦朧，雨霧一般消失無影；雨中行，多少夢想，如新居的牆，可摸可觸，任是十級颱風，也吹不垮。傍晚時分，湖邊最引人遐思。多少年後，我們會想起這裏的燈光、水影、遠處城市的窗，近處你溫暖的小窩……這微微寒冷、心兒又暖暖的雨中行，總在相處的時光裏延伸到遙遠。

影中你我

抓相機的手，能捕捉得完眼中的美嗎？當記憶力漸漸衰退，恨不得將整個世界裝進記憶體帶回去。抓相機的手啊，多將鏡頭瞄準那些卑微的、似乎已經被命運遺棄的人兒吧。不要為過去的被忽視而憂傷。在我們的視野映象中，人人一律平等；在我們的觀念中，從來沒有階級的劃分，照相，誰說不可以隨意排列？很久前我就知道，站在中間的未必就是王。

眼睛貼住方框，看一看鏡中人，哭泣與歡笑，愉快或傷悲，這一瞬，就要在畫面定格，凝成回味無窮的歷史性照片。

老師，你手兒要搭在她肩膀上，親密一點；還有，這有小橋流水的背景不錯，好像沒見過你們拍牽手的照片，就在這兒拍一張吧。身旁，一個聲音響起；老師，平時少看妳拍照，博客裏也很難見到妳照片。這一次會給妳拍多一點拍好一點。你要笑、笑啊。妳幾張都得很好，笑容燦爛，笑得很好看啊。對，對，把過去所有的不愉快都拋開吧。

坐在電腦前看照片，時光就凝留在相處的時光；微信裏看照片，相處的時光如在眼前，幕幕重現，比古城水的倒影還清晰，就那麼定格。

路，不嫌長

從台兒莊大戰紀念館走到台兒莊古城，不覺疲倦，不覺路長，初見有無限的驚喜，初見滿腹的話語都默契在一笑中。但願前面的路走不完，走不完。

從午後走到天黑，從白天的夏季走到傍晚的涼秋，運河上的水燈已經高高掛起，河水那岸的遠山屋宇漸漸朦朧成美麗的黑色剪影。想到老師說的，北國穿上寒衣的時候，南方猶是熱威未減。在大雪彌天的嚴冬，你們南國還是春暖花開。如今在同一個蒼穹下，相處在同一片月光下，感受同一季的涼熱，說着同一種話題。

走啊走，不願結束的一起步行啊。最好走不完。

古城裏，草叢中，蟲聲唧唧；小橋下，水光搖，人面暗。小徑上，從人聲鼎沸到人聲寂寂。窗口，涼風習習；餐廳裏，歡聲笑語。彼此相看，恍似在夢中。

從虛擬的網路到紙條的傳遞，再從十萬八千里的地域位置到相處時光的咫尺之遠，是甚麼讓我們如此有緣？是甚麼讓我們未曾謀面卻已經一見如故？

啊，那以後我們又走遍孔子的故鄉，從孔府走到孔林，又從孔林走到孔廟、、、、牽手步行在祖國大地上，似乎看盡了旅人風景，也嘗遍了人間滄桑。

漫步，路，不嫌長；友情的路，越走，風景越美，談興太濃，說不完。

煎餅卷大蔥

忘不了，那高形偉影、龐大碩長；像山東大漢那樣高大魁梧、粗獷豪邁！忘不了，那生動的名稱，那充滿了動感的鼎鼎大名！讓我們聯想無數。想起了佛跳牆，是不是好吃美味到連佛隔牆都嗅聞到香味，迫不及待地一起一二三地跳牆，想分一杯羹？

忘不了，老師的拳拳心意，排隊，以山東著名美食，款待我們這樣的南國來客！不叫煎餅，也不叫蔥餅；不叫大蔥餅，更不叫大卷餅！一開始就轟轟烈烈地來個煎餅卷大蔥！誰都感到出其不意！好像蛋炒飯，可以理解為炒飯時配蛋，也可以荒謬地理解為蛋本領強，主持了炒飯的大局。煎餅，不誇張，也不虛言，像大浪淘沙那樣，將不可一世的好大的一條青色大蔥卷個密密實實，逃也逃不了！

煎餅卷大蔥！

忘不了，膠州的一對老師夫妻最搞笑：她，買煎餅卷大蔥；他，拍我們啃煎餅卷大蔥！終於留下了照片小經典！相處的時光，我們就那樣，你一卷，我一卷，坐在一排木條凳上，好像幼稚園的小朋友，排排坐，吃果果，你一個，我一個……相處的時光，最叫人懷念，正像我們寫文章，你一篇，我一篇，良性競爭。煎餅卷的都是大蔥，你那篇，色香味俱全，我這篇，哭泣歡笑充滿感情。

煎餅卷大蔥，也長了雙翼，從山東飛到了故鄉金門，體型變小，可味道不變，那也許是飄洋過海的關係，像是同父異母的兩兄弟，個子居然那麼懸殊，唯有面目如此酷似。

相處的時光，總是想起了那一幕，那一隻隻手，那一張張口，滿意地展示美食中的大阿哥，齊齊地大喊，煎餅卷大蔥！煎餅煎大蔥！相處的時光啊，回憶的窗口總是有煎餅，也有大蔥，讓時光悠悠地漫捲、漫捲……

二零一五年九月十九日——二十三日

曲阜意識流

水蓮

精緻的水蓮浮雕令我疑幻疑真，油然聯想起堅鋼也可以化為繞指柔，而柔軟、透明的浪花經年累月，也可以長出一排排利齒，將海邊堅硬的岩石，啃咬得傷痕累累。

總是那麼喜歡拍攝荷葉和水蓮，不同的湖水，長就不同的情致，相同的是渾濁的背景，襯托出清奇和亭立，展示你的一支獨秀，你的風雅和你的不俗。

屋角

那三角圖形的屋角，在淡藍天宇的襯托下，總是那麼好看。喜歡那紅牆和灰瓦，喜歡那些涵義很深的小雕飾和動物，常常聯想起巧奪天工的手主人，謎樣的身世，隨着小草般微不足道的生命，消逝在歷史的縫隙裏，卻留下了一件件藝術品。

當屋頂下的人兒經歷了生老病死、一代又一代地傳宗接代，屋頂上的一個個小飾物，卻靜靜地經受歷史的風雨滄桑，看烽火硝煙燃燒黃色的土地和藍色的天空，蹲在那裏看了幾千年，風霜剝落了色彩斑駁的外衣，不動如山。

孔府

八十年代殘留在腦海裏的印象已經蕩然無存，那時居然還可以在此留宿一夜，感受兩千年前春秋戰國古早味的夜晚；三十幾年後，舊地重遊，無法再勾起昔日的記憶，那個聽得到古人說話的夜晚哪。

人山人海的旅遊大軍猶如潮水般湧到，縱然現今的靈感將與歷史的一瞬間激出火花，也會在嘈雜之聲中被扼殺殆盡，消滅於無形。

唯有這樣寧靜的一角叫我們受落，樹、平房、寂寞……沒有色彩，沒有意義，淡泊……許多平凡就隱藏着偉大，最後的陶淵明不就是獨守着菊花和寂寞，和平淡為伍嗎？所有的功過只待後人去評價，用時間淘洗，像孔老師一樣無可動搖。

後院

多少次看着綠藤爬上白牆的的情景，在烏鎮，在很多的水鄉，在魯迅的百草園，每一次都覺得無限的感動，那種鍥而不捨的努力，我想，終有一天綠色大軍會成功，達到白牆變綠牆的彼岸。小小綠藤令我想起了各種微小和勤奮的積累，一定會有意想不到的結局驚喜。

海邊的堅硬岩石，經過柔軟浪花的啃咬，傷痕累累；青檀寺裏的青檀與各種巨石勇敢地宣戰，根鬚盤根錯節，無孔不入，還是要長成擎天大樹：智慧老人的頭部，細如絲，白勝雪，許多白髮哲人的睿智不亞於愛因斯坦，只是未被發掘。

就在這樣的後院裏，我看到了卑微者最聰明，勤奮的綠草滋生驚人的力量，終須戰勝所有的空間和障礙。

墓碑

那一年，浩劫雖然已經結束，所有的殘破仍舊還未修補。孔老師的墓碑東倒西歪，周圍一片荒涼，站在那裏一刻，雖然是炎炎夏季，依然感到徹骨股的寒冷，心頭的悲涼，依稀聽到了衝殺聲，橫掃一切封資修，砸個稀巴爛，再踏上一隻腳。

那一年，草兒哭，樹兒哀，猶記得導遊説着「可能墓裏已經空無一物」的話語。好不容易從這小城走出世紀偉人，讓我們世世代代子子孫孫行動準則都參透和貫穿他的學說、他的主張，卻自毀自辱。沒有偉人的民族多麼可悲，沒有歷史感、沒有典範的百姓只是一群烏合之眾。

如今這兒的氣氛肅穆安靜，雖然少不了商業氣息的彌漫，少不免庸物的裝飾，各種有礙觀瞻的俗氣攤檔的倡狂。

讓這位老師安睡，讓他安息和安靜。

樹繭

未見過那樣的古樹，未見過那樣巨大的硬繭，長在樹的腹部，團團結塊，肌理赫然，初瞥就驀然心驚，也許只在曲阜有；也從來沒見過那麼多的古樹，大多都有那樣奇特的附加物。與其視為時間的瘤，不如看成歲月的繭。是的，瘤終究會導致牠慢慢致命，而這歲月的繭，一定是年歲的象徵吧？幾乎每一棵長命的古樹都有。也只有在產生偉人的故鄉曲阜存在吧。

在曲阜，最奇特的就是這樣的樹，這樣巨大的蔭。曲阜的樹，在歷史的戰火中一定被燒焚去不少，卻依然留下了無數；人走得多了，腳生泡長繭；偉人和他的弟子親手種植了不少樹，有的倒下了，而更多的還屹立着，直指齊魯的天空，如巨椽，一株株寫着莊偉雄奇。在兩千餘年的風風雨雨和日出日落中，牠們是生命的大書，告示天下，曲阜的土地，不但適合誕生兩千年才有一個的老師，還長就無數磨練出巨蔭的參天大樹。

儒家，本就是中國的哲學大家，在世界上獨一無二。

孔店

心，回來後，好長一段時間的悲哀。

心，多麼願意再譜寫一曲比以前更好更美的《曲阜之夢》，那時雖然這兒一片荒涼，氣氛倒很古、很靜，有一種回到兩千年前感覺；那時，沒有那麼多名堂的店，賣着各種姓「孔」的東西。

誰敢貿然標榜那是孔家飯，誰敢見證那是孔家書法，誰發明了那麼多姓孔的玩意，將偌大的小城，弄的庸俗不堪；為甚麼，要將被譽為「萬世聖師」的偉人那樣實用化、作為商標，廣告，不惜褻瀆他、矮化他，用盡他的「商業價值」，多麼令人不忍！不忍！不忍！儒家的無盡營養，不該如此的揮霍。

心，多麼憂傷，多麼沉痛，假如曲阜不要那些五花八門的店，我們的國門一定會有更多的各種膚色的人來瞻仰，這裏的氣氛一定會更加肅穆，安靜，遙想偉人依然長存的那些超人思維、教育理念、做人的準則……

綠草

每一次都壓抑不住欣喜，當我見到綠草坪。疲憊的眼神為之一亮，仿如點上了眼藥水，舒服，舒展了美好的視野。每一次都會請旅伴走上去，拍攝敬愛者，也拍攝綠草坪。紅磚灰瓦藍天，曲阜的主調色彩，閱讀得不輕鬆，歷史，總

是負載太多的因襲習慣，就讓滿目的沉重，獲得喘息的機會，而馳騁在祖國歷史長路的思維也休憩一下，躺在散發芳香氣息、柔軟如睡褥的草地吧。

每一次見到綠草坪，總是壓抑不住歡喜。

看一看孔林裏的一丘丘黃泥土堆成的無名土墓，看一看無數站立了幾千年的樹木，都會將思緒拉長到悠遠，遙想當年的鼎盛和喧鬧，還只是幾千年，孔林沉寂如許，換了另一種熱鬧，每一次在旅途的勞累，都會被大片的綠色海洋洗滌和消融。

孔林的綠草坡，蔓延開來，綠意和古意，構成水乳交融般的美麗。

【附記】 二零一五年八月二十六日棗莊郝哥駕車，全程一百八十公里，載我和瑞芬、許秀傑老師、郝煜到曲阜。我們在許秀傑老師和女兒郝煜的全程陪同下，遊覽了曲阜的孔府、孔廟和孔林

鳳凰城慢韻

鳳凰・古城

古城飛出了金鳳凰，湘西水鄉走出了大文豪。

小小廣場上人流湧動，一隻鐵鑄的黑色鳳凰英姿煥發，張翅正欲奮飛；儼然的地標下，無數遊客正與百鳥之王合影，穿上苗族服飾的遊客美女和鳳凰熱烈共舞，任你拍攝從不拒絕。

沈從文令古城在舞臺留影，與銀幕長存，在方形字印就的書上永生，從此《邊城》的生

命不朽，活在中外廣大讀者的心間。

古屋層層相疊，白牆灰瓦，滲透了歲月的風霜；小巷裏一塊塊青石板，從寂寂的、孤獨的跫然足音換成了無數的亂步，高跟、名牌輪盤踐踏，唯有殘牆上的舊燈默默見證着時代的變遷。

悠悠小船

紅磚灰石橋下，一泓綠如碧玉的沱江水。

悠悠小船密密相依，停泊在沱江水邊，依稀看到八十幾年前翠翠立於小舟上的倩影，惋惜着林黛演繹的黑白片拷貝已然遺失在時代變遷中。

碧綠的水，比起江浙的水鄉寬而美得多了。

左右搖擺的悠悠小舟，盪出的那裏是水波？那是淡淡的詩情。

高低錯落的吊腳樓群，飄散的那裏是菜香？那是濃濃的畫意。

喜歡那種慢的節奏，才能品嘗出生活的濃郁情味；喜歡慢工，才能出細活；喜歡一江翡翠般晶瑩而涼透的水，總有三數艘小舟蕩漾其中，構成一種慢漫情調。

吊腳樓群

一江沱水在湘西邊境赫然穿過，天地突然開闊。穿街走巷，走到這兒眼睛一亮：一邊，吊腳樓群層層相疊，形成了中國式的建築美，令你有更上一層樓的美感；一邊，道路和錯落的屋宇隱約在綠樹叢中。遠處是古橋，橋洞下，遊船在忙碌地穿梭來去。

木褐色的吊腳樓群，總是令我想起了家鄉馬哈甘河兩岸的阿答屋，也是沿河而築，陸地和河水承擔着屋子的前後半身。

我們走過許多小路和小河，總不忘母親河最早對我們的哺育。我們喜歡那種樸素的原始，可以盡情地寫意和隨意。

青山綠水

青山綠水襯托着木樓石橋、白牆灰瓦，令沉重的歷史有了活潑感和鮮豔色彩；而現代的遊興穿插了人文氣息，令旅遊意義不再淺薄。

總是歎息假期太集中，人流不絕，往往將滿腔的興奮之火撲滅殆盡；也不喜歡過分誇大的宣傳詞句，總是不願認輸，誇口這也第一，那也第一。我想青山常在，不需要你鼓吹；綠水長流，也不需要你過火誇獎。

期盼有一日，三五人而已，再把古城重遊，真正領略妳靜寂裏的美。

沈從文故居

中國鄉土文學的扛鼎代表人物，中國文學的驕傲！

一部淒美的《邊城》寫着你的不朽，八十二年前的小説一直像沱水流傳，從鳳凰城走向湘西，走遍中國，走向全世界；您與諾貝爾文學獎擦身而過，不關作品水準，只因人已渺，無法超越規章。

懷着無限敬仰、無限崇拜的心情，走進您的故居，走進您的童年和少年，走進你的創作靈魂。您一生輾轉大江南北，作品無數；不是大學科班出身而做起了大學教授，又寫着您另一部人生傳奇。

多麼樸實的故居，一如主人生前的為人作風；沒有雕龍畫鳳，但古色古香；沒有博大精深，但文氣氤氳其中。你一生關注小人物，生活，於你來説就是一首長長的美好的抒情詩。如果不是可怕的厄運和災難，《邊城》式的巨着會否不斷揮就和問世，替代那《中國古代服飾研究》？

小小鳳凰城，因了您一部《邊城》在中外聲名大噪。

小巷風情

從小就有那種說不清的小巷情意結，也許童年就在椰風蕉雨下的小巷度過；也許小巷有着太多的不堪記憶，泛上腦際時，那眾多的親朋戚友的面孔就電影般一一掠過。

從雅加達的小巷走到江浙、閩南的小巷；從北京的迷人胡同走到日本京都一塵不染的小街；從檳城靜寂的古街走到了鳳凰城的小巷，原來，所有的不凡都來自平凡，所有的偉大無不是從簡陋樸素的居屋跨出，一步步走向輝煌和炫目。

當商業的銅板氣息消散，鳳凰的文化底蘊還是像蒸汽嫋嫋飄出來；當各種誘人美食的香氣遠去，買賣的招徠聲沉落了，我們好似聽到了半個多世紀小船擺渡的搖櫓聲似近還遠地傳來、傳來，一時沉醉住，無法抽離……（金輪●湖南行之一）

二零一六年四月二十三日遊覽鳳凰古城　五月四日初稿

春雨多情夜

夜雨

天色漸漸暗淡下來，芷江的天空滿臉的愁容。雨，淅淅瀝瀝地下，傘，一朵一朵地開在頭頂上，雨腳在泥濘地上濺跳；雨滴，在扇面上滴淌。

前方燈光燦爛，人影綽綽，終於在曲廊盡頭，看到一列長枱，豐盛的侗族美食一列排開，迎賓的氣氛氤氳在空間。穿上七彩織衣的侗女們儜立兩旁，笑容可掬，迎接着來自遠方的賓客。

一朵朵溫暖的笑啊，驅散春雨的寒意，預示一次美好的歡聚。

美食

一小枱一小枱的，擺滿了美食；一小碗一小碗的，盛着特色菜肴，叫不出名堂，只管味道美，肚肚分享；徒然聯想起印尼巴東菜肴，也是如此這般，每個小碗的內容都不多，但碗碗精彩。在侗鄉，想起了巴鄉；尤其是那辣椒魚，我與另一半齊心合力拼命一掃光，來個碗底朝天；不成敬意，勝似敬意。

吃膩了大魚大肉，吃慣了大碟大盤，這美妙的一夜，侗鄉合攏宴，都是一碟碟熱情，一碗碗美意，讓我們眼界大開，盛情難卻，在美食記事簿上留下珍貴的記憶。

侗女

鮮豔的服飾襯亮了暗夜，如花的笑顏令一天的疲憊在空間消散；如果旅途上有甚麼不快意，都會在這合攏宴上被妳的熱情侍候所化解。

美醜已經不論，年歲也不分老幼，熱情一旦難擋，迎客、禮待的心意都是潤膚水，將美流瀉在外；所有的煩愁已不用擔憂，美意的流露最動人心弦。

你來自侗族故鄉湘西，我來自南隅小島，終於邂逅于芷江春雨多情夜。

醉意

一碗灌盡再來一碗，二碗已盡第三碗緊接着而來，不醉無歸，不醉無歸啊，一左一右溫柔的一雙手將你按實，不容拒絕，無法阻擋，灌下，再灌下……

滂沱大雨下，美味的酒氣微微滲透了侗女的香氣，自碗裏、身後隱隱傳來、傳來，春夜裏的寒意一陣陣敗退，淡淡的醉意一陣陣襲上來。好想從此不歸去，就長睡在湘西侗鄉。

長亭外，春雨下得很大很大，冷意在風裏徘徊，而喝了好幾碗的身軀，熱量漸漸升上來、升上來，恐怕今後已經難忘這多情的春意夜。

不醉無歸，不醉無歸，勿辜負美麗侗女的多情和美意；夜已深沉，長亭外，大雨仍滂沱地下，長亭裏，如火的熱情傳遞和燃燒着每一顆心。

圈圈

從小到老，我們一直在排排隊，轉圈圈；童真的歡笑，未曾離我們遠去。

在幼稚園，我們手兒搭肩，排排隊，唱唱歌，吃飯玩遊戲，嬉笑聲傳出校園外，家長聽

到笑呵呵；中學畢業聯歡，我們手拉手，叉叉腰，集體舞，偷瞧喜歡的女生，心兒撲撲亂跳；大學畢業了，我們排排隊領取畢業證書；在操場，手拉手，一二三，一起將四方帽用力往天空拋，歡笑聲響徹雲霄。

久違了，圈圈，我們沒有再排排隊，轉圈圈；今夜，在芷江，聽團友一曲又一曲，聽童主席高歌梭羅，歌喉不亞于歌王，悅耳美妙的嗓音繞梁不散；看長長的隊伍戴歌戴舞，在長亭裏轉圈圈，一圈又一圈，忘了甚麼七老八十，時光早就倒回了，年邁的腿嫁接了十七八少年的心，每一張都是美好歡樂的童顏。

轉圈圈，夜已不夜；轉圈圈，連雨也停住在亭外偷窺。（金輪•湖南行之一）

二零一六年四月二十三日於懷化芷江　二零一六年五月六日初稿

張家界，綿綿細雨中

雨中的攀登

那一日，細雨飄忽，冷風颼颼；那一日，雨中撐傘徐徐漫步在湘西第一神山。乍暖還寒的空氣中，雨粉撒得滿天都是，俯望前方，彷佛彩色的蘑菇雲在羊腸小徑裏蜿蜒。六七十歲的腿，在三四十歲的年輕心靈催動下，走得更歡，爬得更快。

這兒是天門山，那裏就是萬丈山谷，奇峰三千、秀水八百的奇景都在腳下，像是空中展示了一長幅的山水畫卷，高高低低的奇峰突起，遠遠近近的濃淡不同。正看她時綠裝蔥蘢，面目溫柔，側望她時竟是嶙峋挺拔，筋骨暴突。雨中漫步天門山，猶如腳踏雲端，做一趟神仙。

超長的索道

沒乘過那樣長的索道，一程又一程的，從此山跨越到那山；沒試過被吊過那麼久的，默默的高山峻嶺都讓你任意快速閱讀。層巒疊嶂都沉靜，不發出一絲聲響，移動的箱子裏八個人鼻息相聞，你照照我，我拍攝你，在湘西上空飛翔的機緣畢竟不多。

超長的索道長達七千余米，艱難的工程居然也如假包換，預期完成；遙想有日，索道也可以連接到天際，將擁擠的地球人口，分批送往另幾座星球，你我都當第一批移民。

玻璃棧道

在一千來米的高空俯瞰千奇百怪的山峰，已經算與山結緣；是誰的好主意，設計了空中步道？稍嫌刺激不夠，又來一段精彩的玻璃棧道？讓你貼身體驗山的雄偉挺拔、聆聽武陵的靈魂呼吸；古時候，為了生存，開闢了不知多少的茶道山道；而今為了親密地接觸高山，人為地設置了那樣驚險的空中步道和玻璃棧道。

從遠處看，山的身軀好像環繞了彩帶；近看，人如一隻隻螞蟻，在山間慢慢地移動。輪到自己了，雙腳穿上了那棗紅色的布套，像是卡通人物慢慢地、艱難地移動兩腳；望腳下，玻璃下就是萬丈深淵，一旦群體超重，鐵架脱落、玻璃碎裂，人也就粉身碎骨，再大的保險也換不了寶貴的生命。

步步驚心，步步膽戰，將生命交由上蒼發落吧。聲聲驚叫，句句歡呼，交響在寂寂的空山幽谷裏；款款勝利的手勢，密集的拍攝人流，永恆留影在張家界的天空。

天梯

近千米的天梯鬼斧神工，一段一段地連接，雖然是從高山下到地面，卻有一種下地獄的感覺；春天裏，這兒是那樣陰冷。以為已經結束了，卻還是沒完，真擔心那下降的路無限地延伸，機器失控，真把我們輸送到地府裏，從此和親愛者生離或死別！

雖是幻想和想像力過於旺盛，依然佩服當年工程師的設計、工人們的奮戰，挖山躦洞，造就了那樣壯觀的天梯，每天上下吞吐着七萬餘人。也敬畏着山的包納和寬容，收容那麼多的子民。當山默默地座落時，肚腹裏竟是那麼活躍，吞噬多少萬物之靈。

天門洞

俯看，不覺山太高；仰看，山高不可測；平視，覺得自己不可一世；果然是視角不同，山也會轉換成各種有趣的別樣面目。

走在山腰的平地上，猛回首，天門山居然出現了一個天門，門前的石階梯蠕動着上上下下的小人；望着一百多米高的天門，像是老天突然破了一個大窟窿，告示你人生的不圓滿；好擔心女媧在山那頭，伸出一隻巨手，把我們抓到天上去度假，從此要與親友們生離。

枯枝

喜歡經過四季歷練和考驗的枯枝，下一季一定是嫩嫩青芽的煥發；喜歡枯枝搭配着畫面裏的景物，軟硬兼有，豐富和單調融合成一種和諧。喜歡枯枝的意象，那是不死的象徵，美感的襯托；望着枯枝沒有孤獨淒涼的感受，卻總是一副屢戰不倒的戰士形象。

從上海的梧桐枯枝，到日本高千穗的冬季寒枝；從南通、鎮江、揚州的寒日枯枝到張家界天門山的枯枝，閱讀枯枝已成為我旅遊的必備功課。

閱讀枯枝，就是閱讀一種堅強的人生，不死的靈魂；閱讀枯枝，就是閱讀生命的美。

（金輪•湖南遊之一）

二零一六年四月二十二日遊覽張家界天門山　二零一六年五月三日　初稿

難忘芷江，難忘戰火

受降紀念坊

周圍靜靜，大地默默，高高的濃密綠樹叢，夾繞着寬敞筆直的路；宏偉的受降坊一身雪白，屹立藍天；渾身寫滿的偉人題詞，慢慢地讀，讀的是歷史，也是文學；是愛，也是恨！小小的芷江，因為七十一年前那一場受降儀式而震鑠古今，成為歷史名城。

周圍是多麼安靜，再也聽不到殺聲沖天、槍炮轟隆；我們的團隊肅穆地列成幾行，在勝利的紀念碑前留影，也向抗日的英雄們致敬，再致敬；慢慢地走向那受降紀念館，似曾相識，也是那樣四四方方的館頂，一如台兒莊大戰紀念館的館頂。

炮聲早就消隱，血跡已然乾枯，可那一臉偽笑、肚腹裏滿是野心、禍心和密密的心計；十三億中國人啊，怎能忘記？就不需要動武，讓千夫所指，戳死他吧。

四周是多麼沉靜，輕步兒地走，不要驚醒英魂們，讓他們安睡。

受降紀念館

歷史選擇了芷江，芷江也無愧於歷史；是前線的大後方，也是大後方的前線。油然想起了我的故鄉金門，是農村式的城市，也是城市式的農村。多麼微妙的地理和方圓。這兩年走了神州大地不少地方，最難忘還是記錄二戰中國戰場的紀念館……

台兒莊大戰紀念館，旗開得勝，熱血為之沸騰；南京大屠殺紀念館，橫屍滿城，叫我悲憤莫名；這抗日戰爭勝利受降紀念館，為日寇可恥的失敗畫上了句號，我們無不歡呼！

那戰犯今井武夫終於低下了罪惡的頭顱，顫着手在投降書上簽下了字；八年抗戰的勝利標誌着正義的必勝和邪惡的必敗；看着那歡騰的場面，心兒早就飛入那感人的畫面裏。

侵華日軍投降舊址

像個歷史長廊，這兒，那麼集中，那麼值得走一走，看一看。

渾身黑漆漆的平房裏大有乾坤，那八年的侵華戰爭是何等殘酷慘烈！在廣闊的戰場展開，平原、高山、地道、陸上、天上……打了整整八年；那日寇受降的一刻時間是多麼短暫，地點又是那樣簡陋狹小，定格和凝結在這裏。

簡陋的木傢俱，簡陋的座椅，每一座位都寫着人物的名牌，一幅幅的巨型油畫反映着當年的盛況，空氣裏依稀還嗅到血腥的味道，所有人物都已經作古，腐朽的靈魂卻不死，依然坐在那一張張受審的椅子上；戰爭罪犯的獰笑聲在這裏終止。

飛虎紀念館

是甚麼精神令陳納德將軍臨危受命，毅然飛越戰雲濃重的神州灰黑天空？是甚麼使命令無數美國飛行師戰死在祖國的長空？多少英魂在他們流過鮮血的土地留戀徘徊不離去？

七十幾年前的歲月裏，他們在此建機場，辦學校，迎擊日機，戰果累累，擊落了2600架飛機，44艘軍艦，殲滅日軍66700人，微風凜凜，讓日寇聞風喪膽。威猛的大白鯊吞噬着罪惡的血腥太陽，那滿牆壯烈犧牲的密密麻麻名單，中國人民不會忘記。

飛虎隊雄偉的群組雕塑與青松、大地同在，讓我們懷着感激的心，再在飛虎隊紀念館的前方留影吧！

捐書儀式

2015年是反法西斯戰爭勝利和抗日戰爭勝利七十周年。

大有大的貢獻，小有小的度紀念，來吧，一起來吧，你找資料來我編纂；你供稿來我出版；讓即將湮沒在歷史故紙堆裏的珍貴資料重建天日，將血跡斑斑的罪證擺在你前面，令你無從抵賴；飛來吧，從大陸、臺灣、香港、印尼、新加坡、加拿大……如雪片那樣飛來無數新稿，歷數戰時災難，難忘烽火歲月。

大廳裏，捐書儀式多麼簡單又隆重，哪怕小小一本書，也寄託了前輩們的殷殷囑咐：將來自世界、全球四面八方的聲討和充滿血淚的親歷匯於一書，那就是用文字和圖案，重組戰犯們殺人放火的罪證。

大廳裏，一浪浪勝利的激情衝擊着回憶中的思緒，一句句阻止戰火再燃的斬釘截鐵的豪語激蕩着每一顆火熱的心。

我們還要再建館，我們還要建華僑抗日紀念館！吳館長如斯不含糊地說。（金輪•湖南行之一）

二零一六年四月二十四日遊覽參觀懷化芷江　二零一六年五月五日初稿

橘子洲・韶山及其他

嶽麓書院

從書店熟悉你的名字，一字之差，書院卻是首次步入；位於湖南大學內，現代學府裏座落着千年古書院，古今居然在此不分彼此地交纏。

從遙遠時空傳來的朗朗讀書聲漸漸沉寂在市囂裏，看厚厚的綠苔爬滿一堵堵校園裏的白壁紅牆。名人題詞依然赫赫地書寫在牆上，寂寂的講壇修葺中，朦朧在綿綿的細雨裏。雨來了，傘下，喀嚓了一張又一張。

書店裏每一樣製作都精緻，每一種出版物都是雅致的藝術品。文雅的氣息薰染得我們渾身書香，多麼希望歲月的神手，將我們也打造成一本書，幸福舒適地躺在這裏，任人翻閱。

巨人雕像

偉人站得高，看的遠；我們也要拉得開，拍得全。

曾經，將這位偉大領袖思索千百遍，思索他的功過得失，一度迷惘；此生，也不知將有關文字搜羅閱讀了幾千篇，百感交集。

是誰曾經說過，有哪一個民族會詆毀咒罵曾為自己國人獻出一生的領袖？祖國母親，那怕再貧窮再醜陋也是我們的母親。

何況他天不怕，地不拍，連超級兩霸也不怕！家族成員為國家做出了大貢獻！

站好啊，站好，和偉人雕像拍攝一張紀念照。

橘子洲

高空俯視它像一艘雄偉龐大的航空母艦，水上遠望又像一隻長五公里、寬從四十到兩百米不等的魚雷，停泊在湘江之中。

一面是嶽麓山的蔥蘢山色，四周是湘江的淺藍浩淼煙波。一千六百年的歷史老人閱盡這洲頭的春夏秋冬，見證了滄海桑田，從一片荒涼，皮毛不長之地到春季綠意遍山，秋季橘果染紅天空。

偉人的吟詠依然震撼大地，近乎一百年前的揮寫狂放肆恣，豪氣幹雲，動人心魄，餘威猶在；有哪一位帝王有那樣的文采膽略，讓山河俯首；有哪一個英雄好漢敢於發出扭轉神州乾坤的豪問：「問蒼茫大地，誰主沉浮？」

快快在《沁園春‧長沙》詩詞紀念石留影吧。

橘子洲頭，處處平整草坪，處處濃密橘子樹，誠為長沙一道厚重的風景線。

毛澤東雕塑像

驀然回首，一個巨大的雕塑，背景就是蔚藍的天空，何等雄偉。

細細觀賞和虔誠瞻仰，一代巨人的身影，就那樣地嵌印在天際布幕上，多麼鮮明。

方圓三千五百平米、高三十二米、長八十三米、寬四十一米的數字，告示雕像的浩大雄偉。

無法說出心中的感動，似乎歷史上的一列巨人，本來就該與山川同在；重遊橘子洲，就是看一看您偉大歷程的最早出發點、曾經吶喊呼號的地方。

無法表達遊覽的激情，拍攝就是最大的敬意；您二十五歲的相貌和髮型，在春風的吹拂下是那樣意氣風發，鬥志昂揚，從此走出韶山、走出橘子洲、走向全中國、全世界！

回憶

韶山的映象長留記憶中，半個多世紀前的動亂是不堪回首的殘頁，也是一場半夜驚醒的噩夢。那一年，你們青春年少，揹着棉被，翻山過河、餐風宿露、日以繼夜而來；那一年，我們豪情滿懷，唱着戰歌、高舉戰棋、排排隊，扒火車，人擠人，大串連，全國幾道洪流，奔向紅太陽升起的地方。韶山，韶山，日思夜夢到韶山！

半個多世紀的情景歷歷在目，千頭萬緒回味，辨不清酸甜苦辣。

舊地重遊有太多的感慨，經驗、教訓、反思和懷念交融不清揉一團亂麻。

今天依然排着隊伍，前上鞠躬和鮮花；今天來者更加絡繹不絕，拍攝、繞圈。再到偉人故居，攝下一張我曾到此一遊。（金輪 • 湖南行之一）

二零一六年四月二十五日二十六日遊覽嶽麓山、橘子洲、韶山　二零一六年五月八日初稿

北京・深秋

落葉

獵鹿場上再不見鹿兒狂奔，一個多世紀前的皇槍躺在博物館裏早就鐵冷。曾經活躍過的一批批生命，如今已化為一塊塊臥倒大地的石牌。從不知道落葉陣陣，可以如此壯觀；從未見過，生命的秋季如此美麗，鋪天蓋地，將眼目所見的一切覆蓋，不留一隙空白；感覺着落葉也懷着滿腔熱情，慢慢地漲滿，終於如海洋將宇宙萬物淹沒。落葉的狂潮啊，沒有哪一隻巨手可以阻擋。

天上人間金黃一片，人在最成熟的歲數輝煌無敵，樹在最密年輪裏輸送溫暖。當我們在落葉的海洋裏站成一蹲雕像，也就永恆成了廣渺林木裏的一株樹。

遙想有一日，坐在深秋裏的一張木頭長椅上，讀懂每一片葉子的生命密碼，最後自己也化成一片葉子，飄向所喜歡的土地。

校園

像競走運動員，不斷地走、走、走。昨日，剛在南海子繞了一大圈，少說也有三四公里，今天，又將北大從這門走到那門，走粗了雙腿，走開了前路。

我中學時代的校園已經毀成一堆碎瓦廢墟，消失於南洋的一個歷史角落；兒子的青春曾在這著名的校園徘徊和奮發，未名湖畔的石頭暖過他的臀部，湖水也激蕩過他背書的朗朗回聲。當年他北國的導師已經走完生命的路，今日兒子在小島的課室黑板上疾書，嗷嗷待哺的學生們如一隻隻小雞仰視着他。

蒼茫的百年學府有着太多的精彩故事，名校的追求曾經圓了多少年輕人的夢，也有一批一批的學子只能羡看名門飲恨，別過失望的眼神，黯然離去。

我們終竟要走出校園，走上社會的更大舞臺。

斜巷

當年的橫街斜巷如今成了人山人海的景點，不規則的小鋪毗鄰而築、高高低低，構成了特殊的古都風情和韻味；一百多年前的吆喝聲已經消失在故紙堆裏，如今每一間小鋪裏擺賣的是二十一世紀時髦用品和衣物。

冰糖葫蘆小販正在兜售他的產品，歡天喜地的小女孩蹦蹦跳跳地跟在大人屁股後，搖晃和消耗着歡樂的童年；捏着麵粉彩人兒的先生是不是老舍筆下那一位？似曾相識的模樣，帶我們進入三十年代的圖景裏；大清郵局裏可有穿着唐袍的郵差？一封封首日封貼着甚麼時代人物的大頭像？我們在舊日的街道和現代的節奏裏穿梭來去，也把自己拍攝進時代的光影裏，成了下一個世紀電影隊的外景。

天空

每一幀照片，可以是清晰的沙龍也可以是放大的愁容；每一幅天空，可能是色彩鮮豔的油畫也可能是一塊色彩灰暗的抹布。

陰霾彌天的日子，心也一片灰，猶如裝着一肚子重重的鉛；太陽不露臉的初冬，冬季彷佛已經走到了極致，春天的雙腳還遠遠地在地球的另一端歇着，一萬年後也無法趕來。

北京的天色總是叫人感到沮喪，條狀雲彩微微在蔚藍的佈景下輕飄，時刻總是那麼短暫，驚鴻一瞥，次日不再。

城市籠罩在灰霧中，連呼吸也無法流暢，滿城的陰暗一如沉重的心情，讀古都，像是在讀人生最沉重的一章。

探望

探望，探望一位似乎遙遠，其實又已經那麼近的老朋友。探望，在嚴寒的冬季，向她伸出暖熱的手，那怕只是小坐一會兒，讓她也可以感受到人間的溫暖。

探望，仍記得幾乎每天清晨，妳一早就在我小窗裏探頭，向我道一聲早；那怕欣賞我家視窗的那些平凡的花草，只是三言兩語，也讓我信心倍增，新一天的勁頭如一列衛士操着整齊的步伐來到。仍記得，妳簡潔乾淨的文字讀得我很舒服，散文、小說都沒有絲毫的水分；仍記得，每一幀攝影沙龍都讓我驚歎不已。在平凡的日子裏，我們隔窗相望；在北京緊張開會後的閒暇，多麼想看看出院後的妳。

意外的驚喜寫在妳臉上，堅定的信念閃爍在眼神裏，而如說家常的病情，彷佛久違的朋友，所有的細節都輕描淡寫地流動在妳非常緩慢的敘述中。

友情的幾張臉孔，定格在二零一六年十一月十一日的黃昏時分。

相逢

相逢總是在疑幻疑真中。每一次相逢，有的有預約，有的沒有。最怕相約了的失約，軀體那麼貼近而兩顆心咫尺天涯；最驚喜的是有緣千里來相見，無需前生的約定、今世的山盟和來世的海誓；最好的是，昨日還在虛擬的網路裏，隔着螢屏，望不見彼此的耳臉口鼻，今天有人突然敲響你家的門扉，給你一個現實裏的驚喜。

非典型肺炎的、人心惶惶的日子裏，相逢何必能相見，就連小戀人接吻也要偷偷摸摸地在角落裏除了口罩、靜悄悄地進行；今日，京都的陰霾擋不住見面的興奮，我們電話或微信相約，只為了，生活在京城的你，需要遠方來客雙手的熱握。

一張張臉，不再神秘，一雙雙手，不再寒冷。文字的臉漸漸化為一張張皮肉的真臉，如花，綻開在明朗的天空下。

風景

深秋入冬，乍冷還暖，京都處處是風景。

走在大運河邊，楊柳依然青青，不畏冷的鴛鴦還在游戈和戲水，鑼鼓斜巷裏遊人如鯽，遊客來自天南地北。大清年代的郵局居然還在，拉人力車的車夫該不是祥子的幾代孫？餡老滿老店總是有人滿之患，是不是為了水餃裏躺着的那一隻蝦？北海邊，有人在寫生；同游的夫婦騎上自行車，絕對也是一幅美麗風景。

走在北大未名湖邊，湖水朦朧，朦朧了遠方的塔，也朦朧了我們多年的記憶；排着隊參觀的中學生，好似在此看到了自己的未來。

喜歡南海子的深秋氣氛，好想就坐在那其中一張木靠椅上，讀一本人生厚書讀到老，任如大雪紛揚降落的落葉將我深埋。走進當年的獵鹿場，望一望無際的落葉，就如大海在快速地漲潮；滿目壯麗的深秋景色叫人驚歎，想想人生最燦爛的壯年也不過如是。你是想成為落葉陣裏普通的一片，還是想做那一隻寂寞的孔雀於大地的一角孤芳自賞？

京都處處都是風景，一如每個人都帶着故事，就看你的風景如何攝成光影沙龍；他的故事怎樣構築成好看好聽好讀的傳奇。

二零一六年十一月十八日——十九日

人在旅途中

我們的二零一五年

① 從一月到十二月一年內，自稱孖公仔的東瑞瑞芬（簡稱東瑞芬）出遊共八次，共六十八天。平安回港。

② 三月三日，第一個孫女出世，母女平安，我們也升級為爺爺奶奶。

③ 六月，受邀參加廣西欽州學院主辦的東南亞文學研討會，到欽州與會，發表與瑞芬共同署名的論文《復興中的印華文學簡談》。歸途在南寧受到《紅豆》雜誌特約編輯張凱的熱情接待。

④六月至七月，獲益出版東瑞小小說集《蒲公英之眸》、散文集《飄浮在風中的記憶》，新雅出版東瑞兒童文學集《老爸的神秘地下室》共三本書。

⑤八月，與原先是博友的藍莓老師、許秀傑老師兩家人相約于山東棗莊，同游台兒莊古城，結下了深厚的友情。

⑥九月，香港金門同鄉會會長蔡瑞芬和作家東瑞受金門縣陳福海縣長和呂坤和文化局長之邀到金門出席第五屆金門世界閩南文化節。

⑦十月，受印尼東區文友協會之邀到泗水舉行文學講座，題目是《寫作大牌檔》，並參加葉竹《竹光書齋》的揭幕儀式。該協會因東瑞、瑞芬的來到組織了近四十位文友參加的馬都拉島一日遊，東瑞瑞芬受邀出席《千島日報》創辦十五周年慶典。

⑧十月底，近大半年的籌備、約稿、編輯，由陳素中倡議，素中、瑞芬，東瑞三人編選的《難忘烽火歲月》一書終於出版，厚達三百餘頁，在海內外引起廣泛的影響和好評。

⑨十二月，與瑞芬受邀出席印華金鷹杯第五屆報告文學比賽頒獎禮，東瑞代表評委作《期待印華文學更大的豐收》的致辭，並與其他幾位評委就比賽作品做講評。瑞芬決定對得獎集進行編排資助。

⑩十二月，東瑞、瑞芬受印尼著名旅遊城市牙律文友俱樂部主席蕭娥之邀到牙律採訪遊覽，該會在十一日晚舉辦了有七十余位文友、會員出席的隆重盛大的歡迎晚宴。東瑞受邀上臺作簡短講話。印尼各報做了題為《香港名作家東瑞伉儷訪問牙律》的廣泛報導。

⑪借助印尼泗水、香港兩地的優勢和物力，我們作為橋樑，推薦、協助文友、博愛許秀傑老師圓夢出書《讀着唐詩　念着宋詞》，在弘揚中華文化方面做了點好事，取得三贏的效果。

⑫十二月，繼去年第四季度的第一屆文字舞會【主題為「文字」】後，又與幾位老師策劃成功，舉辦了第二屆以「家」為題材的文字舞會，參與者迅速擴大到十幾人。

⑬二零一五年全年，扣除轉載、舊文重刊，約在博客發表各種文體的文章一百四十篇左右，其中發表或未發表的未曾入集子的小小說二十五篇。在港澳及海內外各種紙質報刊發表的作品數目龐大，無法統計。

【附錄】二零一五年一月至十二月出遊記錄　（瑞芬・整理）

一月二十四日——一月三十一日　日本京都、大阪七天（自由行）

五月二日——五月六日　泰國清邁五天（跟團）
六月二十六日——七月一日　廣西欽州、南寧六天
八月　四日——八月十日　印尼雅加達七天
八月十八日——八月二十八日　前跟永安團青島
二十二日後自由行棗莊、台兒莊、徐州、曲阜共十一天
九月十七日——九月二十一日　金門世界閩南文化節五天
十月四日——十月十九日　印尼泗水、婆羅摩、瑪朗、馬都拉
十二月四日——十二月十五日　印尼雅加達　本哲、牙律

我們的二零一六年

【說明】二零一六年累計八十九天在外，加上為文事奔波，因此「人在旅途中」包含了雙關義。十二次出行，都與瑞芬「攜手天涯行，相看兩不厭」，我渴望她輕挽臂彎，她需要我緊扶肩膀，一起漫步看沿途風景。

二零一六年最後一張日曆慢慢撕下，二零一七年悄悄來到了。

驀然回首，無悔無疚，日子過得充實、緊湊而寫意；展望來年，似遠還近，目標遠而引人、漫長又苦短。

既然在博客發表東西，年年都盤點，還是不能免俗，得「結算」一下博客賬目：二零一六年一月一日到十二月三十一日，《東瑞的博客》共發表了散文、遊記六十九篇、小說十篇、評論、序跋十六篇，舊文重登（【舊日時光】）三十二篇。在海內外發表的作品數量太龐大，無法統計。既然是「鍵上舞者」，年終總結，自然以文事為重點。

二零一六年的出遊，多達十二次，累計八十九天（瑞芬統計，詳見附錄），為不辜負博友、讀者、老師們對我的支持，我的博客定時發表常常定時了兩個月，新舊作定時了近三十篇；二零一六年對於一個業餘寫作人來說，相對來說比較重要的是完成了一個十一萬字的長篇小說《風雨甲政第》。由於幾乎每天需要一定的時間（幾個鐘頭）專心致志寫好它，又得兼顧家庭和出版社業務，博客裏貼上較多的舊文，真愧對老師們。

二零一六年的出遊，個別幾次是純粹的度假遊覽，多數是與獲邀請出席文學活動、文學研討會、領獎、社團活動、同學、校友聚會等等有關。如果要選幾件較值得一記的「大事」，不外是：

（一）**大學演講**：獲香港內地學生聯合會總會和香港浸會大學內地學生學者聯合會的邀

請，于浸會大學與另外一位網路作家在《第一屆互聯網時代下華語文學新走向》作題為《網路文學和紙質文學的並存、互補和共進》的演講。瑞芬作為獲邀嘉賓出席。（五月）

（二）**泰國例會**：獲世界華文微型小說研究會和泰國華文作家協會的邀請，與瑞芬出席在泰國曼谷舉行的第十一屆世界華文微型小說研討會，於九月十八日發表論文《不要急於製造大師》。（九月）

（三）**孫女會走**：在世間，生命是第一個最可寶貴的，比諸生命，任何身外物都可以讓步或捨棄，小孫女之之去年誕生，今年一歲多學會走路，看她學走過程，真是一首生命的偉大而莊嚴的凱歌。她從陸上游泳式的爬行慢慢過渡到走得急而快，跌倒多次從來不哭從來不畏縮不求大人抱抱，自己爬起來！再走下去！看得東瑞熱淚盈眶，被她的頑強意志感動了！鼓勵東瑞失敗了應該再來！（六月初，正當之之一歲三個月）

（四）**完成長篇**：多年了，沒有嘗試寫長篇的滋味，因緣際會，故鄉文友、金門作家楊樹清先生的兩句鼓勵的話，促使我寫長篇的意欲，奮鬥苦幹三個多月，完成了十一萬字的《風雨甲政第》。寫完並寄出參加「105第十三屆浯江文學獎」長篇小說大賽。（三月至六月）

（五）**遠遊歐俄**：繼二零一四年參加旅行團到西歐後，今年第二次遠遊到北歐的丹麥、挪威、芬蘭、瑞典和俄羅斯，為期十三天，大開眼界（六月十六日至二十八日）。

（六）**帶團赴金**：瑞芬作為香港金門同鄉會會長，在許理事長及東瑞的協助下，帶團到金門，其中五人並得到金門縣陳福海縣長的接見。（十月）

（七）**獲邀上京**：東瑞、瑞芬獲中國世界華文文學學會主辦的邀請，出席了第二屆世界華文文學大會，在十一月七日的論壇上，發表了題為《印華詩壇上的大手筆、大奇跡——評印尼《千島日報》「詩之頁」一百期》。（十一月）

（八）**獲獎專年**：今年沒有出書，卻是文學作品連連獲獎，共獲四個獎：世界華文微型小說研究會頒發**「世界華文微型小說傑出貢獻獎」**給我；還以小小說《**蒲公英之眸**》獲得第二屆世界華文微型小說雙年獎優秀獎（二零一四—二零一五年度）（泰國曼谷領獎）；第三是以散文《**雙騎結伴攀虎山**》獲得全球華文【**夢想照進心靈**】散文大賽優秀獎（北京領獎）；第四是以十一萬字長篇小說《**風雨甲政第**》獲得金門縣文化局主辦的「105第十三屆浯島文學獎」長篇小說優等獎（頭獎從缺）（臺灣金門領獎）。

（九）**故鄉領獎**：到金門多數是探親、祭拜、遊覽，配合瑞芬帶團，領獎為首次，在金門、香港和海內外引起了不大不小的影響和轟動（十二月十七日領獎）；在金期間，還到燕南書院接受名城電視的訪問（燕南書院院長楊樹清主持，編導李有忠訪問）（十二月）

（十）**以文會友**：本年乘出遊期間，見到了不少博友老師，包括心雨心願老師、思梅老師、溫爽老師、悠揚琴聲老師、趙嫣老師、藍莓老師、海藍藍老師、馮兒老師，其中好幾位都是第二次相見。

【附錄】二零一六出遊記錄　（瑞芬●整理）

①三月四日至六日　深圳從化遊（參加華僑大學校友三八節郊遊）【三天】。
②四月二十一日至二十六日　獲金輪天地董事長王欽賢邀請到湖南張家界等地旅遊【六天】。
③五月二十七日至二十八日　到深圳度假二天】。
④六月十六日至二十八日　到北歐挪威、丹麥、瑞典、芬蘭和俄羅斯旅遊【十三天】。
⑤七月二十二日至二十五日　與兒子一家到泰國清邁旅遊【四天】。
⑥八月十二日至十四日　到廣東番禺與同學聚會【三天】。
⑦八月二十七日至九月十四日　與女兒女婿到印尼日惹、泗水、馬都拉、任抹等地旅遊、參與文學活動【十九天】。
⑧九月十七日至二十一日　到泰國曼谷出席第11屆世界華文微型小說研討會並旅遊芭

提雅【五天】。

⑨ 十月四日至十一日　到峇厘度假旅遊【八天】。

⑩ 十月二十日至二十七日　帶團到金門，回程到漳州【八天】

⑪ 十一月六日至十五日　到北京出席第二屆華文文學大會，到天津采風，多留多日見見老朋友和博友【十天】。

⑫ 十二月十五日至二十二日　到金門領獎、到廈門度假【八天】。

二零一六年十二月二十五日整理

走過歲月　走過二零一七

走過歲月，走過春夏秋冬。冬季，這兒的海濱大道依然充溢着活潑潑的生命力，樹兒蔥蘢，草坪青綠，花兒鮮紅，海水波湧，震盪不息。

冬季，每天傍晚的五點鐘光景，我就全身武裝，出動了。

不畏氣溫的驟降，不怕初冬的海風淩厲呼嘯。這兒勁走和慢跑的，都是熱愛生命的族群。看，雙臂刺滿花紋的、上身呈三角形的、肌肉一股股暴突的洋漢，和他的金發藍眼的、露着半酥胸和雪白大腿的嬌妻，並肩慢跑；看，六十來七十歲的老伯和老伴，牽着手肩並肩地慢走；看，二十來三十歲的健壯女士，戴着鴨舌帽，背後窟窿伸出的馬尾在風中左右甩擺着、飽滿胸部一騰一騰地跳動而快速健跑着，還有肥胖的女生兩人結伴小跑着……

春季假日的午後，草坪邊的花熱烈地開放，有美人蕉，雞蛋花和三角梅；躺在草坪上的女傭在撐開的傘下懶慵地午睡；夏季的傍晚，這兒遊人如織，情侶處處，釣魚者在全神專注、自拍者笑容可掬；秋季涼爽，推車讓嬰兒出來曬太陽、吸新鮮空氣的最多，不妨欣賞少婦慈愛憐憫地注視自己誕下的小寶貝的特別神情吧，最動人也最美麗；三兩個小女孩，約莫五歲到七歲的樣子，在踏着滑板車，排着隊次第飛快地轉着大圓圈，我看得癡了，停下來，想拍下來，轉動的手機鏡頭竟然追不上她們飛快的身影。

冬季的傍晚，我穿着運動鞋，下樓，出動了。

我奔向海濱大道。規律的生活使我精神百倍，有少許創傷的左膝，有護膝保護着，走過碼頭，走過休憩的遮雨社區，一邊走着，一邊看猶是晴朗的高空，雲彩像一團一團的棉花佈滿了，驚人地美麗，一隻飛機徐徐在那裏穿梭而過；華燈初上的時分，天是慢慢變黑的，我看着夕陽躲在遠方尖沙咀一棟高樓後面，將天邊變成一片金黃，當天全黑了下來，維港對岸驟然出現了各種形狀的七彩寶石，一艘又一艘夜遊輪、遠洋大郵輪慢慢穿過海面，頓時讓單調的海面增添了不少熱鬧；在太陽收斂他最後一抹微光後，港島那裏總是有那麼幾棟大廈互有默契似的，向海面放射出五六道紅黃藍綠等光束，令動盪不安的海面猶如波動着魔幻的綢緞。

從碼頭走向海濱大道，從大寬紅磚路走向柏油斜坡道，從夕陽斜照走到萬家燈火，一邊是維多利亞海港的一泓海水，一邊是鋼骨水泥現代建築物的陳列：巨型廣告裝飾的商業大廈、嶄新的酒店……從海天一色走到漫天繁星閃爍；從微有寒意走到渾身熱汗淋漓，汗濕衣衫。這，也是我邊走邊拍攝邊發圖片給文友的時刻，總有很好的回應：「好美」。

兩個多月了，幾十年了，經歷了多少寒暑冷熱，看遍了幾許人事滄桑？從乳臭未乾、沉靜青澀的孩童、走到熱血燃燒、青春激情的少年；從單純的文藝青年走到不寫最累的壯年；也從單槍匹馬、形影相弔的雄性一族，走到與她牽手相攜攀爬虎山的艱難行程，如今步伐放慢了，依然人在行走中。

有時在海濱大道上走着，走到中途，會突然駐步，驀然回首。

回眸來路，驚訝於走了那麼遠，猶如生命一年一年地走，忽然走到了二零一七年。一年將過，竟然走得那麼快。除了前幾年我們一年有四分之一時間人在旅途中，今年是行走時間最少的一年。六月，我們參加了東歐團，到了匈牙利、奧地利、地羅利亞、德國、捷克等幾個國家外，其他活動都跟文學活動有關，八月，為了將去年參加第十三屆浯島文學獎獲得長篇優等獎的獎金取回，順便遊覽，我們到了金門一趟。十月，澳門筆會慶祝三十周年，因我又是他們一個文學獎的評審，我和瑞芬獲邀到澳門數日；十月，我被金門文化局通知今年參加「第十四屆浯島文學獎」的長篇《落番長歌》又獲獎，真是喜出望外！不到三個月，十一月我們又第二次赴金門一趟參加頒獎禮；十二月，我和瑞芬獲邀到湖南參加「第五屆武陵國際微小說節」。這些文學活動雖然各只有幾天，但會議和活動都舉行、安排得很緊湊，高規格、高檔次，都在腦海深處留下了難忘的印記。

二零一七年，「不寫最累」依然是我寫作上至高無上的「座右銘」，還添加一句「又一次新的出發」，前者，令我寫作上「常在狀態」中；後者，用於每次得獎後的自我鼓勵，堵塞了我懶怠惰發作。得獎，只是比較之下，在一定範圍內的被肯定，不值得翹尾巴，不值得躺倒不幹。一切，就從零做起吧！文章我已經寫了不少，書出得夠多了，目前最重要的是要寫得精寫得好！二零一七年最大的收穫是繼二零一六年寫成《風雨甲政第》後，又完成了另一部我認為比上一部寫得更好的長篇《落番長歌》；書出了散文集《香港，你好》和小小說集《清湯白飯》，感謝所有為我寫序、寫評和校對的老師。

二零一七年，我和瑞芬看着小孫女一天天長大，健康成長，到二零一八年三月她就三歲了，目前已經是聰明、勇敢、活潑、樂觀的一個小女孩了。一年來，瑞芬為協助照顧她付出不少汗水和精力，成為寶寶除了父母外的最愛人物，我也從旁協助。兒女們工作都順利。我們依然沒有請工人，家務都是親手做。每當文字患了「文思堵塞症「，我就開動四肢拖拖地板，「病情」馬上不藥而愈。據説長篇小説是「長壽」的不二「仙丹」，決定儘快試試；單純長壽毫無意義，長壽而分娩出長篇就令人憧憬。

二零一七年，公司業務有多少做了多少，不強求，也都完成得很好。幾項工作，我的排列依然是健康、家庭、工作、寫作。二零一六，我病了一場，終於跨過難關，二零一七，瑞芬病了一場，都無驚無險痊癒了。我們這一對孖公仔，一有小病都互相照顧。我認真地對她説，萬一有甚麼，我甚麼都會放下，甚麼都不要了，甚麼都會放棄，全力全心照顧你。

二零一七年，一切曾經不大友好的人，我們都寬恕了，都不會記仇，只是不願意再糾纏在毫無意義的細節上，所有那些毫無道理的指責會隨着時間的推移風消雲散。我們看淡、放下、放棄了很多東西，何況那些雞毛蒜皮呢？二零一七年，那些對我們情深意重的、理解我們的老師、文友、博友，我們始終懷着深深的感激和敬意！罵我們的人我們只是驚愕幾分鐘，而幫助、支援、理解、鼓勵、讚美我們的人我們會記得和感恩她（他）一輩子。

回過頭看，原來我走了那麼多路。來路走着、跑着那麼多人，望前方，西天一片紅，映射得天空中央的白雲泛成奇異的金黃，異象震懾人心。海濱大道吹來的風有了寒意，前方似近還遠，彷佛走不完似的。我知道只要心境年輕，我們的路就還長、還長。

袋裏的手機叮噹響了一下。我看到她傳來了一段歌曲，點開，竟是久違的羅大佑唱的《童年》，我笑了，她知道我喜歡，以前每當播放歌碟，《童年》的畫面，總是出現一對七八歲的男女孩，那女的，綁着兩條小辮，雙頰有很深的酒窩，樣貌酷似小女孩時期的她。

手機微型下面有一行字：「回家吃飯，菜一流」。

我回眸大道一眼，加緊了腳步，依然從海濱大道返回。

今晚維港有煙花，今晚星光會很燦爛。

走過歲月，也終於無愧地走過、跨過了二零一七。

寫於二零一七年十二月三十一日

【附錄】東瑞得獎榮譽和得獎作品

①**《琳娜與嘉尼》**香港兒童文藝協會一九八三年兒童小說創作獎季軍

②**《不沉的舞臺》**香港兒童文藝協會一九八六年兒童小說創作獎優異獎

③**《山魂》**香港市政局一九九〇年度中文文學創作獎散文組冠軍

④**《夏夜的悲喜劇》**香港市政局一九九〇年度中文兒童讀物創作獎兒童故事組優異獎

⑤**《少年小羊》**香港市政局一九九四年度中文文學創作獎小說組優異獎

⑥**《校園偵破事件簿》**第三屆書叢榜最受小學生歡迎十本好書、第十屆中學生好書龍虎榜十本好書，東瑞並獲選為「全港小學生最喜愛作家」；二〇〇七年全國第四屆偵探推理小說大賽最佳新作獎

⑦**《一雙繡花鞋》**第七屆全國微型小說年度評選三等獎

⑧**「小小說創作終身成就獎」**二〇一一年中國鄭州•第四屆小小說節組委會頒授

⑨**《轉角照相館》**中國小小說協會主辦二零一二年第十屆中國小小說年度評選一等獎

⑩**《漆紅的名字》**黔台杯•第二屆世界華文微型小說大賽優秀獎

⑪**「第六屆小小說金麻雀獎」**二零一三年，鄭州小小說節組委會頒授（參選作品《轉角照相館》《蘋果》《大獎》《父親回家》《驚喜悼文》《證據》《臭耳人阿王》《小站》《雪夜翻牆說愛你》等十篇）。

⑫ 二零一三年九月十八日獲香港特區政府民政事務局、康樂及文化事務署頒授局長嘉許獎，被列為「香港推動文化藝術發展傑出人士」。

⑬ **《生命之柱》**二零一四年中國小小說學會「文華杯」全國短篇小說大賽一等獎

⑭ **《秋風初起》**獲中國小小說協會主辦、金山雜誌社承辦二零一三年第十一屆中國小小說年度評選二等獎

⑮ **《蒲公英之眸》**獲世界華文微型小說研究會、中國微型小說學會頒發第二屆世界華文微型小說雙年獎優秀獎（二零一四——二零一五年度）

⑯ **「世界華文微型小說傑出貢獻獎」**二零一六年泰國曼谷‧世界華文微型小說研究會、中國微型小說學會頒授

⑰ **《雙騎結伴攀虎山》**二零一六年中國北京‧中國世界華文文學學會頒發第二屆全球華文散文徵文大賽優秀獎

⑱ **《風雨甲政第》**（長篇）獲金門縣文化局頒發「第十三屆浯島文學獎長篇小說優等獎」

⑲ **《清湯白飯》**（小小說）獲鄭州人民廣播電台、小小說傳媒等聯合主辦首屆「說王」小小說原創大賽優秀獎

⑳ **《導遊笑眯》**（小小說）獲「紫荊花開」世界華文微小說徵文大賽優秀獎

㉑ **《落番長歌》**（長篇）獲金門縣文化局頒發「第十四屆浯島文學獎長篇小說優等獎」